生活·认知·成长

青春励志故事

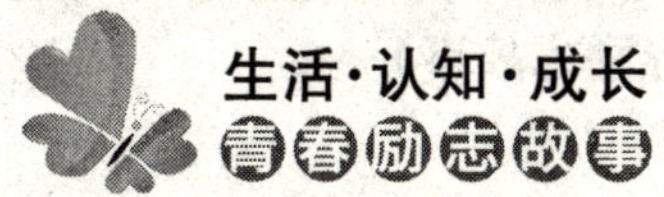

一位母亲的危机处理

杨晓敏◎主编

地震出版社

图书在版编目（CIP）数据

一位母亲的危机处理：风尚卷／杨晓敏主编. —北京：地震出版社，2013.1
（生活·认知·成长青春励志故事）
ISBN 978-7-5028-4157-7

Ⅰ.①一… Ⅱ.①杨… Ⅲ.①小小说－小说集－中国－当代
Ⅳ.①I247.8

中国版本图书馆 CIP 数据核字（2012）第 253161 号

地震版 XM2899

一位母亲的危机处理——风尚卷

主　　编：杨晓敏
执行主编：马国兴　王彦艳
责任编辑：范静泊
责任校对：孔景宽　凌　樱

出版发行：地震出版社

北京民族学院南路 9 号　　　邮编：100081
发行部：68423031　68467993　　传真：88421706
门市部：68467991　　　　　　　传真：68467991
总编室：68462709　68721982　　传真：68455221
E-mail：seis@mailbox.rol.cn.net
http：//www.dzpress.com.cn

经销：全国各地新华书店
印刷：北京振兴源印务有限公司

版（印）次：2013 年 1 月第一版　2013 年 1 月第一次印刷
开本：710×1000　1/16
字数：207 千字
印张：15
书号：ISBN 978-7-5028-4157-7/I（4838）
定价：28.00 元

序

杨晓敏

好书是具有生命力的。一本好书，我们拿在手上，揣在兜里，或者放在枕边，会感觉到它和我们的心一起跳动。在日常的学习生活中，我们每天都在用最经济的时间、精力和财力，收获着超值的知识、学问和智慧，于是我们自己，就在一天天地充实厚重起来。

优秀的短篇小说，就是这样的好书。它是顺应现代人繁忙生活而发展成的一种篇幅短小的小说。跟一般小说一样重视场景、个人形象、人物心理、叙事节奏。优秀的作者可写出转折虽少却意境深远，或转折虽多却清新动人的作品。

现在，许多优秀的作者舒展超感的心灵触觉，用生花的妙笔，把小小说从文学神坛上牵引下来，在我们广大读者面前，展现出一幅幅五颜六色的生活画卷，或曲折离奇，或险象环生，或嬉笑怒骂，或幽默诙谐。于是，阅读一本小小说，就成了繁忙生活的轻松点缀，紧张学习的有效调剂，抹平了你我微皱的眉头，漾起了会心一笑的嘴角。

我们精心编选的这套“生活·认知·成长青春励志故事”小小说丛书，每一辑都包含了“悟性”“创意”“想象”“品味”“风尚”“情愫”六卷，并围绕这六个主题，选取当代国内知名作家的精品力作，各自汇编成书，具有强劲的文学感染力。篇篇都耐人寻味，本本都精挑细选，既是青少年认识社会的窗口、丰富阅历的捷径，又堪称写作素材的宝典。作品遴选在注重情节奇巧跌宕，阅读效果峰回路转、柳暗花明的同时，注重价值取向，旨在引导青少年全面、客观地认识社会，开阔视野和胸怀，提高综合素质，进而确立正确的人生观、价值观。

在这套书里，我们推荐给青少年读者的是充满活力的大众文化形态的小小说佳品荟萃。所选择的作品，尽量体现质朴单纯，而质朴不是粗硬，单纯不是单薄；体现简洁明朗，而简洁不是简单，明朗不是直白。它们是理性思维与艺术趣味的有机融合，是人类智慧结晶的灵光闪烁，是春风化雨滋润心灵的真情倾诉，是鲜活知识枝头的摇曳多姿，是青少年读者嗅得着的缕缕墨香。

知识没有界线，可以人类共享，只要是具有优良质地的文化产品，都能互补、渗透、影响和给人以启迪。任何一粒精壮的知识种子，播撒在人们的心灵深处，都会开出艳丽的花朵，结成高尚的果实。

青年出版家尚振山先生以极大的热情，独到的眼光，精心策划了这一套“生活·认知·成长青春励志故事”丛书，我和同仁马国兴先生、王彦艳女士应邀参与编纂，当然也愿意大力推荐给广大青少年朋友们。

2012 年春

一位母亲的危机处理
contents
目录

一位母亲的危机处理

〇孙道荣

1月24日，星期天。杭州。一个名叫山水人家的小区。宁静的小区道路两旁，停满了私家车。谁也没有想到，平时停得好好的小车，瞬间惨遭毒手，被利器划得伤痕累累。停在路边的几十辆小车，无一幸免。粗略估计，仅这些划伤的修理费，就需要四五万元。有人报警。愤怒的车主们发誓要揪出恶意划车的人。

小区的监控被调了出来，从监控录像上可以看出，是一大一小两个孩子干的，大一点的像个小学生，脚下还踩着滑板车，小的估计才上幼儿园。他们一路走，一路划。这是谁家的孩子？胆子也忒大了！太没教养了！但监控看不太清，没人认识这两个孩子。

警方开始调查。网络和第二天的报纸上都报道了这件事。

第二天下午，一位妇女给派出所打电话说，划伤汽车的是她的孩子。

她也住在那个小区。她是第二天才从网上看到了小区车子被划伤的帖子，帖子中描述的两个孩子，大的很像她的孩子，而小的是她同学的孩子。当时，两个孩子下楼去玩。时间、地点、两个孩子的特征，都吻合。她赶紧跑到小区物业处，调看了监控录像。果然是她的孩子。

她意识到问题的严重性。冷静下来后，她是这样处理的——

给派出所打电话，毫不犹豫地告诉民警，车是自己的孩子划的，我们将承担全部责任。

晚上，儿子放学回家。问他，是不是你干的？儿子低头不说话。她对儿子说，你是男子汉，是你做的，就要勇于担当。儿子承认，是他干的。又问他，如果你的折叠车被人划伤了，你心不心疼？儿子说，心疼。她说，你的折叠车几百元就可以买到，而人家的车，一二十万，有的甚至上百万，你说会不会心疼？儿子向她连鞠了几个躬，说，妈妈，我错了！

打印了一份致歉信，向所有被划伤的车主表达歉意，并表示承担全部责任和修理费用。致歉信复印了几十份，张贴在小区所有的出入口和楼梯口。

联系了一家信誉很好的汽车修理店，负责修理所有被孩子划伤的汽车。

第二天、第三天，连续两个晚上，等儿子做完作业，她领着孩子，挨家挨户登门道歉。她要求，门铃都由儿子自己来摁。这是让儿子面对错误的第一步。儿子在课余折叠了很多张纸船，上面都醒目地写着“对不起”三个大字，他要将这些只船作为礼物，送给车主们。每到一家，孩子一进门就说：“对不起，我不知道划车的后果这么严重，请你们原谅我。”所有的车主都表示原谅孩子。

她对儿子说，叔叔阿姨都很包容，原谅了你，但是，你要记住，千万不要把别人的包容当成自己犯错的借口，你要敢于担当，知道什么叫责任心，学会感恩。

一场危机，被这位母亲成功地化解了。剑拔弩张的人们，怒气消去；一张张冰冷失望的脸，露出了笑容。而作为犯错孩子的母亲，自始至终，她没有推卸责任，没有逃避，也没有雷霆大怒。事情圆满解决，车主都很满意，更重要的是，孩子认识了错误，学会了担当，获得了原谅。我想，他这辈子都不会忘记这次教训，但也不会在心灵上留下难以弥补的阴影。

一位当事的车主说，孩子的妈妈这么做，我很佩服。说句实话，遇到这样的事情，不是每个家长都能处理得这么及时，这么果断，这么勇于承担的。这位母亲，非常了不起。

作为一名旁观者，我一直通过媒体，关注着这件就发生在我身边的故事。从这位母亲身上，我深深体会到，要想我们的孩子学会担当，有责任心，我们做父母的，首先自己要敢于担当，善于担当。这，你能够做到吗？

证 人

〇聂鑫森

周伟满怀着奇特的感觉，于早晨六点钟走进了自家所住的幸福社区。正是仲春，社区的花圃里开着红的、白的杜鹃花，使他马上想到了一部电视剧的名字：《幸福像花儿一样》。但在他回到甲幢一单元302室后不到两个小时，就被警察“请”到了派出所进行有关情况的核实，幸福的感觉立刻一扫而光。

事情就这么巧，他一夜未归的这段时间，甲幢二单元的一个单身女性被人谋杀了。派出所得到消息后，封锁了整个社区，一家一家进行询查。周伟被询问时，显出了空前的尴尬。昨夜你在家吗？不在。你在干什么呢？没干什么，到处走走看看，单身嘛，闲逛。就这么闲逛了一夜？是的。有证人吗？没有。周伟的这种回答当然漏洞百出，并让人觉察出隐瞒了重大情况。再问下去，他干脆保持缄默，只是安静地微闭着眼。警察只好把他“请”到派出所的一间讯问室里，关起门，轮流对他进行“启发”。

周伟端正地坐着，微闭着眼，任警察怎么提问，就是不开口，就像电影《甲方乙方》中那句著名的台词：“打死我也不说！”

他当然不能看作是“犯罪嫌疑人”，因为没有任何证据说明他杀了人。但警察从他的拒不配合提供情况这一点上，开始了他们精细的推理：这个周伟为什么三十多岁了还没结婚？死者是个单身女性，他们之间是不是有着某种情感上的牵连？他为什么拒不说出昨夜干什么去了，证人是谁？

一个上午艰难地过去了。

警察给了周伟一个盒饭，口气也明显变得严厉了：“吃完饭再说。不过，我们可以告诉你，现场虽然没留下罪犯什么指纹，但脚印却是一个中年男子留下的，和你的鞋码相同。”

周伟抬起头来，忍不住说：“我常把穿旧的皮鞋扔在垃圾箱里，假如是别人穿着我的旧鞋作案呢？”警察意味深长地说：“你仔细想想吧。”

周伟开始慢慢地吃饭，并后悔刚才的回答是何等幼稚，有一点“此地无银三百两”的味道，不由得轻轻叹了一口气。

吃过饭后，讯问工作又重新开始。

周伟依旧保持着端坐的姿势，微闭着双眼，脸色出奇地平静，对警察提出的任何问题，他都一概不作回答。讯问的警察由一个增加到两个，他们意识到这是个相当有经验的对手，居然可以如此镇静，如此不动声色！

在好言劝导和厉声讯问中，周伟依然故我。

下午五点钟的时候，门被推开了。

老所长领着一个和周伟年纪相仿的女人走了进来。女人长得很漂亮，眼睛大大的。

“周伟，我来了！”

“汪霞……你怎么来了？”

“下午，我打你家的电话，没人接。打你的手机，你没有开机。我怕出事，就到你们社区去了。那里好多人在议论，说A幢出了命案，说你被带到这里来了。”

周伟满脸通红，说：“你不该来。”

汪霞说：“昨夜你就在我家，和我在一起，你怎么不说？我是唯一的证人呀。我刚才和所长全说了，也写了材料，摁了手印。”

所长说：“周伟，请你谅解，这是我们的工作。你可以走了。”

周伟说：“没什么。”

汪霞和周伟并排走出了派出所。

周伟说："汪霞，没有不透风的墙，你先生出差回来后会听说这件事的，你的提拔也正在考察阶段……"

汪霞说："我们没有孩子，而且已经'冷战'了很长一段时间，离婚已经提到议事日程上了。至于提拔，也就那么一回事，我不后悔。我有责任做这个证人，我知道你什么也不会说。你这个人啦，我当年怎么拒绝了你，害得你……"

周伟的眼圈红了。

街市上的灯火灿烂地亮了。

"周伟，我请你吃晚饭，好吗？"

没等周伟回答，汪霞就挽起了周伟的手。

离乡的手艺人

〇陈　毓

拿到新居钥匙的那一天，我就注定了跟这样一群离乡的手艺人相遇了。小白就是这群人中的一个。

我们那幢楼有三十多个像我一样的住户，同时拿到钥匙，同时装修房子，一时间楼下聚集了许多来联系活计、推销材料的人。

小白是第一个上门联系活儿的人。他是这样介绍自己的，他说，你就喊我小白吧，这里的人都叫我小白。我家在泾阳，所以我是专门买泾河沙子的，你要沙子吗？你肯定是需要沙子的！那你还是买我的吧。我的沙子够数，也干净，是泾河里上好的不粗不细的沙子，不是渭河的！有一个成语，叫泾渭分明，你肯定听说过的，你一看就是读书人，肯定明白的，渭河里的沙子泥多。不好！

见他说的有趣，我就说，沙子是用来平地的，无所谓泥多泥少吧？他立即纠正我：所谓大了！就是用来平地，沙子也是和水泥混在一起不是！咋不和泥拌一起呢？再说了，泾河的清清的水淘过的沙子，想着心里都是干净的，干净了想着心里总是舒服的吧！

为着小白的一句：干净了想着心里舒服！我答应买小白的沙子。

他立即从上衣的口袋里掏出一只卷尺丈量我的房间，一边问我将来是给哪些地方铺瓷砖，哪些地方铺木地板？他得根据这些以及地板目前的平整度判断他要给我送来多少沙子。小白算出来应该送五小拖拉机或者两个半大拖拉机的沙子。小白最后说，就送五大拖拉机吧，你和你隔壁的小吴两人平分正好！

小白运来的沙子在我的“客厅”堆成一座沙丘，我问小白这么多的沙子用得了吗？小白说肯定不会剩的，万一剩下了你打个电话我来运走就是了！

沙子最后剩下十袋子。不过我一点也没为如何把那些多余的沙子运到五层楼下担心。我的目光刚转向那些剩沙子的时候小白自己来了。笑眯眯的小白说，瞧我说的吧，泾河里的沙子就是不同，瞧你的地板多平整！多光洁！日后在上面——哎呀！沙子剩了一些呀！这还不得我给你弄走呀！

是小白弄走了那些沙子，还有包装木板的几十个大纸盒，小白说，纸盒可以卖掉，因此他不收搬沙子的钱。

我后来下楼的时候看见小白刚刚和另一单元的小马成交：他把那十袋沙子卖给小马，加上上楼费，一袋 1 元 5 角。见我下来，小白朝我粲然一笑说：总算物尽其用了。泾河的沙子呀！随便丢了多可惜呀！

小白显示他的手艺是在不久后，靠水平找平的小李在卫生间里遇到了麻烦，他可以使地面非常平展，但我希望他做成个看不见的斜度，使地面的水能够顺畅地流入下水道，这看不见的斜度难住了小李，他的斜度总是叫人看上去一目了然。小白那天恰巧来做他隔天一次的“闲转”，看见了，也不多说话，从小李手中拿过坯子，趁着水泥还湿，迅速地修改了小李的活儿。淡淡地说，这活儿单靠仪器不行，需要有手上的工夫！

小白修改的果真是好，黑白相间的瓷砖上，水从看不见的斜度上迅速流过，恰是我想要的效果。我大大地夸奖小白的手艺：

看不出小白还是个手艺人啊。

我可是做过八年瓦工的！

那干吗不和小李竞争我家的活儿？

都不容易。再说如果没有我，泾河的沙子咋能来到你们这些城里人的家里呀！

优秀教师

○韩昌盛

林老师还没调到这所县重点中学，名声早传过来了：县级学科带头人，市级优秀教师。

林老师也知道，学校为调他来，上上下下费了不少劲，而且还专门准备了一个重点班。所以他暗下决心，好好干，不让领导和家长失望。

上班的第一天，他很认真地备了课，上得也挺好。但他发现班里座位很奇怪，后面有两个小个子同学，而前排却坐着三四个高大的同学，明显挡着后面同学的视线。这里面肯定有猫腻，在乡下时他就听说，城里学校排位很有讲究。就从这一点开始吧！于是，所有同学全部站到了教学楼下，按个子高矮，按眼镜片的度数一个个进班，没有多会儿，班里一片整齐而层层递进的样子。

“老师，我坐这儿不舒服。”

“老师，我还想回前面坐。”

林老师一看，全部是原先坐在前面的大个子，他笑了笑，没说话。

下午上课时，有一位同年级的老师找到他，林老师，我有一个亲戚，原来坐在前面上午被你调到后面去了，能不能调回去？

林老师婉拒了，还说了一大堆理由。但很快就有张老师、李老师、王老师等等都来说座位的事，林老师很费了一番口舌，但他们都不高兴。最意外的是他的父亲也打了一个电话，说照顾某个同学。林老师说了他的考虑，父亲没说话，挂了电话。林老师对自己说，我做得对，要为学生考虑。

马上，他感觉工作有些不大对劲。比如检查教案，别人的教案都是优，他的教案却是良；还有学生会检查，他班的分数总是上不去。其实他的教案设计曾获过全县第一名，他班的卫生、纪律也都是最好的。反正，他感觉有些不舒服，具体在哪儿，也说不清楚。

但马上有一次师德教职工互评，他的分数竟然倒数。反复思考，他想不起来做错了什么。于是，他找了领导，领导很理解地说，我相信你。走的时候，领导喊住了他，不过，有些问题要灵活处理。他想了想，不懂。

晚上就有人打电话叫他吃饭，是教导主任。饭桌上还有领导，开会见过的，教育局副局长。教导主任说不要紧张，坐到一起就是朋友。于是大家就随和地吃了，菜过三巡主任把他拽了出去，说副局长的儿子座位你调一下吧。不能让领导工作有负担，主任搂着他的肩膀说，他很欣赏你。回到桌上，副局长笑着拽他坐在身边，林老弟，有什么事尽管找我。他想副局长真平易近人。

接着就有工商局的局长，新华书店的经理都请他吃饭，和他交朋友，而且都有校长或主任作陪。最重要的是人家都很热情，比如自己家属开的小店，工商局长说税不用你操心了。人家只有一个孩子调一个座位，老是不给办，不好意思。于是，他到班里调了几个同学，说是他们的眼睛近视了。

后来又有同事请，当然校长、主任也去，都说林老师是好老师名不虚传，然后说某某让你操心了，今天略表心意，多照顾一下。喝到三巡，拽出来说林老师你有没有关系在我班？一句话，绝对照顾。林老师仔细想一想，还真正好有一个学生可以换着照顾。于是回屋继续，喝得满脸通红，大家喝得都很尽兴，一齐说林老师够朋友。

班里的座位小调整了几次，有个同学说怎么和以前一样，没什么变化。林老师看看也蛮整齐的，笑了笑，没说什么。林老师上课时才喜欢说很多的话，亲切的目光会落到每一个同学的心里。学生都说老师上课上得真好，同事们也说果然名不虚传，看他的目光就多了些敬仰。年终考核评优时，他得了第二名。校长拍拍他的肩，进步挺快。林老师怔了怔，笑了一下。

渐渐地，林老师名气越来越响，朋友越来越多，什么局长、科长，还有什么老板啊，都经常请他吃饭。学校的同事也请，大家亲密得像哥们。朋友和哥们很有作用，今年暑假的时候评选“优秀教师”，大家一致说他为人随和，水平又高。结果评上了，材料报到了局里，副局长很认真地说这个老师我了解，爱生如子。结果，林老师成了“省优秀教师”。林老师愣了愣，怎么我就成了优秀教师?

成了省优秀教师的林老师回家锄地，八月的阳光照在身上很热，汗滴禾下土。父亲递过毛巾，林老师擦了，很使劲地擦了，他说我想回乡下教。父亲稳稳地起锄落锄，很好，父亲只说了一句。林老师看到父亲的脊背，紫红紫红的，在阳光下真实地亮着，有一种久违了的光彩。

这是我们应该做的

〇刘国芳

院里的王老头，不大理人。王老头中过风，走路一歪一歪，很多时候，王老头就这样一歪一歪走出来。对谁也不理不睬。王老头的儿子，在县里当副县长。副县长经常来看父亲，但副县长也不大理人。院里老张，见了副县长，会打声招呼，说王县长来看父亲呀！副县长微微点一点头，但眼睛却往别的地方看。院里小林，见了副县长，也说王县长来看父亲呀！副县长也微微点一点头，眼睛仍往别的地方看。院里大李，见了副县长，仍说王县长来看父亲呀！副县长还是微微点一点头，眼睛也还是往别的地方看。副县长这神态，就让老张小林和大李很不满了，他们私下里总说："有什么了不起，不就是个副县长吗？"

这话说多了，就被王老头听到过，王老头后来更不睬院子里的人了。王老头一歪一歪走出院子，不仅谁也不理，还板着脸，

那个春天，连着落了几天雨后，王老头搬着个楼梯出来了。王老头当副县长的儿子在城里有复式楼，但王老头住不惯，他还是喜欢住在自己的平房里。把楼梯竖好，别人就知道王老头要做什么了。那时候小林老张大李都在，他们一个说："你说王老头要做什么？"

一个说："落了这么多天的雨，王老头屋里肯定漏雨了。"

一个说："不错，王老头要爬楼梯检漏。"

说到这里，三个人笑了，笑着时一个又说："王老头一个偏瘫的人，

走路都一歪一歪，他还能爬楼梯检漏?”

一个说：“这不是找死吗?”

一个说：“有戏看了。”

三个人说着，站那儿看着。

王老头开始爬了，巍巍的，三个人中的小林年轻些，有些不忍，小林于是说：“王老头肯定会出事的，我们要不要去帮他?”

老张说：“管他哩。”

大李说：“这王老头平时见了我们理都不理，我们管他的事做什么?”

小林就不做声了，站门口看着。

王老头还在往上爬，一级一级爬上去，爬了五级，王老头的手就挨着瓦了。但这时出意外了，王老头忽然身子一歪，连人带梯子倒了下来。

看见王老头跌下来，小林老张大李大喊一声：“不好——”然后跑了出来。跑近了，他们看见梯子压在王老头身上。而王老头，已经不能动弹了。

几个人就把梯子搬走，还想扶起王老头，但老张这时大喝一声说：“不能动，赶快打120。”

小林说：“对，打110也可以。”

大李接着说：“快把他儿子叫来。”

然后，几个人打了120，又打了110，还打了李老头当副县长的儿子的电话。

十几分钟后，救护车来了，几个人便协同医务人员把李老头抬上了救护车。李老头的儿子还没来，几个人又一起陪着去了医院。

王老头当副县的儿子因在外地开会，两天后才赶了回来。这时候王老头还躺在床上，老头身上多处骨折，起不了床了，但王老头思维还很清晰，他跟儿子说：“这次多亏了院子里的邻居，不是他们，我现在恐怕还躺在外面，你要好好谢谢他们。”

副县长说："我知道。"

这天晚上，副县长提了东西，一一敲开了小林老张大李的门，见了他们，副县长说："这次多亏了你们，谢谢呀！"

三个人的回答如出一辙，他们说："不要谢，我们是邻居呀，这是我们应该做的。"

廉　洁

○孙春平

职工业余大学的写作课教师通知学员们第二天考试，写命题作文，让大家事先准备好稿纸。

老师的话对于学生，除了那个颠倒一切的年代，永远是一道命令，尽管业大的学生们有些已是年近中年的国家干部。第二天，当老师端着备课簿和粉笔盒走进教室的时候，学生面前的课桌上都摆放好了白崭崭齐整整的稿纸和已摘去帽儿吸满了墨水的钢笔，几十道目光迎接着他，含着惴惴不安，也扑闪着跃跃欲试。

老师是位满头霜发的老人，瘦削、单薄，但显得矍铄清奇。他原是市里重点中学的一位语文教师，年逾花甲，退休不久便被业大“抢”到这儿来。但听说老人并不要什么“补差”，甚至连业余讲课津贴也不要，声明只是尽义务。老人讲起课来也像他要求学生写作文那样，简约凝炼没有废话。如果有人带了录音机，课后把他的授课录音稍事整理，可能就是一篇很不错的写作知识文章。他说写作有很强的实践性，应该留给学生多一点儿的时间去思索，尤其是对业大的学生们。

他站在讲台上，目光穿过镜片，平静地在学生们脸上扫过，又扫过学生面前课桌上的一份份纸笔，足有半分钟没说话，然后从备课簿中抽出一本厚厚的稿纸，顺着课桌间的过道走过，不时扯下几页，默默地放在不一定哪位学员的面前。

学生们有些骚动，是因为分配并不公平，凡是得到稿纸的，桌上原本都摆有自备的充足一叠。于是，大家用各种各样的神色与目光，用嘁嘁嗡嗡的低声窃语，交流着彼此的疑惑。老师对这些学员是特殊偏爱，还是他们的稿纸不合规格？或者他们的试卷将有特殊的需要……

得到老师手中稿纸的学员不在少数，厚厚的一叠稿纸很快就发完了。他回到讲台上，从粉笔盒里拈起一截粉笔，这才说出走进教室后的第一句话："文章应从作者的真情实感中来，情真方能意切，意切方能说服人，感动人，教育人。鉴于我们学员都是国家正式职工，很多同学还是国家机关工作人员，今天的作文要求大家写一篇以记叙、议论、抒情相揉并重的散文，题目是——"

他转过身，扬起臂膊，在黑板上一笔一划地写下两个刚劲有力的柳体风格韵粉笔字：廉洁。

在粉笔与黑板相击相划的哒哒嚓嚓声响中，教室里变得格外安静。大家望着那两个字，久久没有下笔，特别是那些刚刚得到老师发给稿纸的学员，脸红红的，垂下头，悄悄地把自己带来的稿纸塞进书桌里去，因为在那些稿纸的上方或下方，每一页都显赫地印着他们单位的名称。

前面有一堆花生

○高　军

橘红色的太阳慢慢向西边那高高的蒙山后面坠去，张班长带着战士们在这连绵的大山里继续走着。

今天他们还没吃上一点儿东西呢，所以步子就迈得很吃力。战斗打起来后，老百姓大多都躲出去了，他们想搞点吃的就不容易了。看着战士们疲惫的身影，张班长心里很不好受。于是，他又安排两个战士出去找吃的，让其他战士在原地休息。

初冬的风在太阳落下山以后更加肆虐起来，战士们觉得更冷了，上牙对着下牙不自觉地磕起来，身体也不时地哆嗦一下。

张班长的心更加疼痛起来，盼望着派出去的战士快快回来，以便带来好消息，解决战友们饿肚子的问题。

风一阵紧似一阵地刮着，张班长感到自己的肚皮好像已经和后脊梁骨贴在了一起，并且肚子里还好像有成百上千的小虫在蠕动似的，难受极了。

“报告班长，我们在前面发现了一堆花生。”就在他们望眼欲穿的时候，派出去的那两个战士终于回来了。

战士们听到这个消息后，全都抬起了头，眼睛在逐渐漫上来的暮色里闪着亮光。

张班长看着他俩是空着手回来的，就疑惑地问道：“噢，怎么回事儿？”

“在前面的山沟里，有一个场院，边上用干地瓜秧盖着一堆花生，但找不到主人，我们……”他俩为难地停住了。

张班长的眉头皱起来：“别说啦，坐下休息一会儿吧。”

战士们眼中的亮光又暗淡了，头也低了下去。

张班长坐在一边，手里慢慢地掐着一根草棒儿，掐完一根后，从地上再拾起一根来，然后又慢慢掐起来，这个动作反复了无数次。他的额头上皱着一个大疙瘩，一声不响地在那里坐着，掐着、掐着。过了半天，他把手里的草棒儿一甩，然后就把那两个回来的战士叫到一边，小声嘀咕了一阵。最后，两个战士使劲点了点头。

张班长把战士们召集起来，又带头向前走去。他们肚子里咕咕地叫着，腿在打着颤，脚步迈得很艰难，整个身子怎么也走不平稳。

不久，他们好似无意中来到了那堆花生前，班长让战士们停下来：“大家都非常饿了，再休息一下吧。我到前面去再看一下能否搞到点吃的，你们15分钟后跟上来。”

看着班长迈着大步走了，战士们你看看我，我看看你，然后不约而同地，眼光望了望那堆花生。

又过了半天，那两个发现这堆花生的战士伸出手去，哆哆嗦嗦地慢慢捏出了一颗花生：“这……这、这花生，是能解饿的吧？”

他俩看看战友们，战友们都无动于衷地看着这堆花生。他俩慢慢地捏开花生皮，把花生仁放在了嘴里一粒，使劲地咀嚼起来，一阵清香就在夜空下迅速弥漫开来……

天，彻底黑透了，战士们迈着有力的大步又向前走去。在路边一块黑色的石头上，他们的班长静静地坐着。战士们发现，那身影有点儿模糊。他们来到班长眼前，好似突然都有点趔趔趄趄的。张班长好似什么都没看见的样子，就带队又往前走了。

负责出去找吃的那两个战士凑到他的身旁，悄悄地往他的手里塞着什么，他使劲一甩手，又大步向前走去。

看到班长那走路不稳的样子，这两个战士突然感到眼窝里热乎乎的，用手一抹，竟全是泪水。

这场战斗结束后，张班长主动向上级请求处分，他说是他把战士们带到那堆花生面前的，是他故意让战士们犯纪律把老百姓的东西吃掉的，一切责任应该全部由自己承担。

可是，那两个战士也跑到上级那里请求处分，说是他们俩带头吃的。他们从裤兜里掏出一把花生放在桌子上，只见那花生皮上的纹路都磨平了，一粒粒都油光放亮的。他俩一再说："张班长没让战士们吃，他自己更没沾沾牙，说什么也不能处分班长，要处分只能处分我们俩！"

后来，他们三个人又去了一趟那个场院。可是那个场院已经被炮火炸得没有模样了，他们怎么也没能找到那堆花生的主人。

张班长在后来的工作中不时地犯个小错误，仕途不是太顺当。

多年以后，他的儿子成了大老板，有时和他探讨道："老爸，我总觉得你犯的那些错误不能叫错误，你那是活用政策呢。"

他不客气地摆摆手："去去去，什么乱七八糟的，我不爱听。"

儿子笑笑说："我经商成功，就是学习了你处理前面那堆花生的办法。"

他不再搭理儿子，不过每每在这时，他的眼前就又浮现出那堆用地瓜秧盖着的花生来……

爱心炮弹

○戴　燕

顺子跑了半年多保险，终于看见了保险事业给他带来的收益和荣誉，他每月工资可以达到4000多元，自己也升到一个小部门的营业经理。

“一个保险业务员经常要做的，就是在一年的开始或者上岗的第一天，给自己定一个周年计划。然后分解到季度、再分解到月，最后再分解到每周、每日、每小时。”顺子就是将新出台的一个意外伤害险分解成了五个轱辘，教他的部门业务员照着去做。用他的话说，他领导的部门五个轱辘都在转动。他们的业绩在营业部里也令人羡慕，特别是顺子那带着东北口音的早会“分享时刻”，大家听了就十分感动，顺子的经典理论就是，让客户把保险想象成自己捧着一束鲜花，上面插着一张未来某一时刻开出的支票，随时准备送给自己的爱人和孩子。还说这是“爱心炮弹”，客户百分之百中弹。

“假如明天不再来临，你留下一大笔钱准备给谁呀？当然给你最爱的人。”顺子现身说法，自己买了两万块钱的保险，受益人就是他老婆。他老婆也是顺子部门的业务员，也买了两万块钱的保险，受益人当然就是顺子。

这是夫妻二人互相给对方留下的爱心。每个业务员都受到了鼓舞。顺子坚信，只要稍微有点经济支付能力的家庭提到意外伤害险，基本上或多或少都会买一些。

丽丽就是在顺子这里办的保险。

两个月前，顺子听说丽丽带着女儿再婚了，丈夫是一家企业的小老板，比丽丽大12岁。小老板有一个儿子，跟小老板的前妻在一起生活。

顺子就找到丽丽。顺子说，你的爱情真叫人羡慕啊，你真是有福气的人啊。接着，顺子用保险业务员常用的、最具杀伤力的那句话打开了丽丽的心："假如明天不再来了，你希望你的钱留给谁呢?"丽丽说，当然留给世界上最爱我的人。顺子这时就提到了意外伤害保险。特别提到受益人的利益在保险上是不受继承法约束的，一旦明天不再来临，丽丽希望把自己的钱留给谁她就留给谁。比如，顺子说，拿我做例子，顺子拿出自己给老婆买的保险单复印件，给丽丽讲解：如果我留给我最爱的女儿，那么我的妻子就永远也得不到这笔钱。如果我留给我的妻子，那么我的其他亲人就得不到。丽丽听了，想了想说，我过几天答复你。

丽丽叫顺子来家里签单那天晚上，丽丽坐在沙发里，温柔地靠在丈夫的肩上。丽丽给丈夫买了30万元的保险，钱当然是丈夫出的。丈夫看了丽丽一眼，手里的笔停了一下说，写法定继承人行吗？顺子听了，怕出现变故，说，你们这么相爱，就写你爱人的名字吧。丽丽丈夫扭脸拍了一下丽丽的手背，说，那就是你了。丽丽立刻回应丈夫一个吻，说，这是你送我的永远不会让我忘记你的礼物。丈夫笑了笑说，多晦气，我希望我永远陪伴你。但丈夫还是在受益人一栏签了丽丽的名字。

星期天的早上，顺子还没醒，突然接到保险公司打来的电话，说丽丽丈夫不小心掉进马路上的窨井里了，要求顺子马上到医院去。

顺子急急忙忙赶到医院的时候，楼道里只有几个病人家属或坐或站着，疲惫而茫然的样子。因为太早，住院的病人还在睡觉。顺子拿着一把拼命砸门才买来的鲜花，蹑手蹑脚地探头往房间里看。

房间里有四张床，丽丽丈夫在最里面那张床上痛苦地躺着，看见顺子，说，给你我的身份证，我重新签个字，把保险继承人改成我儿子的名字。丽丽丈夫说这话的时候，眼神很坚定。顺子问护理人员，他有危险吗？护理人员摇了摇头，说，没多大事儿，但送到医院后，他第一句话就是让我通知保险公司的人，还不让通知家属。

顺子对丽丽丈夫说，你有权这么做，但得交10块钱手续费。丽丽丈夫说，没问题。

不久，顺子在睡觉的时候，突发心肌梗塞去世了。顺子的老婆哭得死去活来。顺子的业务员提醒顺子老婆去公司拿保险金。顺子老婆不说话，只是不停地哭。有个热心的业务员主动去找保险理赔，理赔人员说，当初顺子和他老婆是给对方都办了保险的，但是后来又退了。他和他老婆拿出的给对方买的保单复印件是没退之前的，他们就是靠着这个复印件激活了自己的业务。

脑　袋

○周海亮

下班的时候，孙剑被小刘悄悄拉到一边。孙剑问，有事？小刘说，朱胖和沙肥有饭局。孙剑微微一愣，脸沉下来，是为牛娃的事吧？

朱胖和沙肥是孙剑大学里喝过鸡血酒拜过把子的好兄弟。遇到打架，三个人一拥而上，砖头石块满天飞，一个比一个不要命。他们被收进派出所两次，每一次都是牛娃让父亲将他们保出来。牛娃也是他们的兄弟，排行老大。可是他文质彬彬弱不禁风，没有一点儿老大的样子。但是他有心机。他读了很多书，心理的、法律的、哲学的、社会学的……孙剑戏称牛娃是四兄弟里的军师，而自己，区区莽夫罢了。

毕业后孙剑进到机关，牛娃和父亲一起开煤窑。十几年光阴转瞬即逝，现在孙剑是市安全生产办主任，而牛娃早已经富甲一方。据说他有六个保镖，据说他有八个老婆，据说他和市长称兄道弟，据说他咳嗽一声都能让地皮跟着颤抖。这就是钱的魔力。钱让他一手遮天，无所畏惧。尽管他仍然像一位文弱书生，可是背后再也无人叫他牛娃——都喊他牛魔王。

前些天牛娃的煤矿发生事故，上报伤一人，损失30万。都信。孙剑也信。别人信完就完，孙剑信完却暗中调查。调查完，就不信了。从矿工战战兢兢的表情里，从村民躲躲闪闪的眼神里，孙剑读出了另外的东西。终有一位老农挺身而出，说矿难死掉四个人；又有一位大嫂说，是五个；又有老太太说，是六个。数字如同拍卖会般愈发惊人。孙剑顿觉头皮发麻，脊背发凉。人命关天，这事牛娃怎能瞒过去呢？上有调查组，中有他，下有百姓，再往下，四个或者五个或者六个冤魂，怎能瞒过去呢？更何况，调查组上面，还有一方苍天。

朱胖和沙肥请吃饭，必是为牛娃的事情。暗访只有办公室秘书小刘知道，孙剑想，显然是小刘把他卖了。

然而酒桌上却始终无人提及牛娃和矿难。吃完饭，孙剑欲走，却被小刘拉住。小刘说玩两圈麻将吧……难得你们兄弟聚到一起，放松一下。说着话三个人排出钱来，孙剑只看一眼，就什么都明白了。每个人面前都是厚厚四摞钱，像一排攻无不克的子弹。就玩四圈吧！小刘的眼睛里带着哀求，又没有旁人。孙剑叹一口气，坐下，低头，抬头，再低头，再抬头，两只手绞到一起，然后攥起拳头，猛击桌子。那就豁出去！他的眼睛瞪得通红，就按大学里的规矩！

大学时，四兄弟偶尔也会搓麻——那时他们并不上进。

正如孙剑所料，四圈不到，桌上的钱就全归了孙剑。孙剑笑着，把钱垛成一座山，然后猛地抽掉最下面的一摞，哗啦，钱山就倒了。孙剑再笑笑，说，山空了，山就塌了。

没有人说话。

孙剑说，不过抽走1万块，山就塌了。

仍然没有人说话。

孙剑说，1万和12万，哪个重要？

小刘急忙站起来，抓起钱往孙剑怀里塞。您都拿着，小刘说，牌场上就图个输赢……

孙剑推开小刘，看着朱胖和沙肥。刚才怎么说的？——按大学里的规矩。你们早忘了那规矩吧？输赢，弹脑瓜壳，一块钱一个。钱是牛娃给你们的，那么今天，我该弹牛娃12万个脑瓜壳，是不是？

都愣住了。鸦雀无声。

孙剑说，你们代表牛娃给我送钱，你们每个人就该代表牛娃挨上四万个脑瓜壳，对不对？

三个人尴尬地笑。

孙剑说，凭我这手劲儿，4 万个脑瓜壳得让你们死过去 40 次……那我就开开恩，1 万块钱一个，每人弹四个，好不好？

没有人说话。

孙剑说到做到。他将手指绷紧成弓，三颗脑袋顿时如熟透的西瓜般嘭嘭有声。三个人龇牙咧嘴，嗷嗷怪叫。

所有脑壳弹毕，孙剑吹吹手指，说，很痛是吧？弹在你们脑袋上，你们当然痛；但有些事，弹不上你们的脑袋，你们就不痛。谁痛？矿工痛！矿工的家人痛！1 万块钱不过弹一下你们的脑袋，1 万块钱却能买下矿工一颗脑袋！你们痛不痛？痛不痛？奶奶个熊！

孙剑甩门而出，走上大街。夜已很深，远处是黑黝黝的群山，近处是亮闪闪的霓虹，孙剑的神志，竟然有些恍惚。他掏出手机给家里拨一个电话。妻子问你什么时候回来？他说马上……妞妞睡了吗？妻子说刚睡，刚才还念叨你……孙剑说睡了就好，我马上回去。他的脸上荡起满足的笑，他的目光，柔情似水。

上了出租车，孙剑再拨一个电话。他说二奎明天我们聚一下吧，我想在你那里办一份意外伤害保险……万一哪天伸了腿，也好给她们母女留点口粮钱。那边吓了一跳，忙问怎么回事？孙剑微微一笑，说，方才小神闲来无事，连弹牛魔王 12 个脑瓜壳……

风过叶无声

○褚进龙

雷强在纪委一干就是十几年，至今仍然是个科级干部。早有调出纪委的想法，因组织部门不同意没能如愿。

华硕是雷强的大学同学，他们一年分到市里，但他已经当了五年的建委主任。二人地位虽然悬殊，但他们依然保持着很密切的同学情谊。

由于在纪委工作，雷强基本不参加别人吃请，但华硕喊从不推辞。每次都是华硕约雷强出来喝酒，就俩人。华硕每次都醉，然后对雷强说，我现在跺跺脚，咱这地面上会抖三抖，你信不？雷强就劝他，咱俩是老同学，我在纪委干，凡事劝你注意些，小心无大碍！雷强一说同学关系，华硕立马像清醒人一样，便一把抓住雷强胳膊，瞪着血红的眼，对，咱俩是老同学，铁哥们儿！你在纪委干，有啥对咱不利的事，你可要替我拿捏住了。雷强怕他纠缠不休，每次都会说，没事没事。其实，雷强很担心。他听到一些不好的传闻。

这几年廉政建设风声紧，上下动静很大。

早晨，雷强还没到办公室，华硕的电话就进来了，雷子，今晚咱俩喝酒去，老地方，不见不散！没等雷强说什么，那头电话就挂了。每次都这样，雷强也习惯了，只能盯着手机无奈地一笑。

晚上。雷强和华硕喝着酒聊一些无关紧要的话题。突然，华硕摁住雷强端酒杯的手，盯着雷强的眼睛，雷子，来我们单位干怎样？雷强惊异地看着华硕，撩开他的手，你喝高了啊！组织部是你家开的？华硕冲雷强诡异一笑，瞧你，我跟你啥时开过玩笑，我们建委空出个位置，纪检组长、监察室主任，书记让我物色人选，我再三考虑，还是你最合适。华硕停顿了一下，你要愿意说句话，上面我帮你搞定。

建委是多少人梦寐以求的单位，雷强早有换单位的想法，现在好事摆在眼前了，岂有不去的道理。那晚，雷强第一次跟华硕喝了个不醉不归。

那天，雷强正在一个专案组办一个大案。组长突然找他，说是市委组织部让他去一趟。雷强好生纳闷，心里忐忑。

部长亲自找他谈话，没想到他们书记也在。部长开门见山，拿了文件给他看，让他服从组织分配，都是一些套话。他有点蒙。但还是明白自己已经是建委的纪检组长兼监察室主任，而且，还是规规矩矩的副处级干部了。谈话不长，只是他们书记临了的话，让他回味了很久。

去建委报到那天，华硕搞了个隆重的欢迎会，好家伙五十多人，建委大小头目全到齐。华硕发表了热情洋溢的讲话，在讲话中多次提到他跟他是大学同学的关系……

进了建委，雷强才知道这个老同学的虎威。那可是说一不二，极端专权，斜眼朝谁哼一声，那人便会哆嗦半天。也因为他跟他的关系，向他求情的人很多。他便私下里告诫华硕，谁知华硕听后哈哈一笑，然后狠狠地说，老虎不发威，人家当你是病猫！老同学要学着点，仁人之心干不好工作……

雷强还是干纪检，按说比较清闲，但华硕让他分管了一些业务上的事，这可是额外的恩惠，这年头权力就意味着利益。但雷强还是不敢越雷池半步，所以，在系统内很快获取了一个清官的好口碑。华硕有些不快，多次私下里暗示，说他太死心眼，别踩红线就行了，有些人情你不要，会得罪人的。雷强总是苦笑一下，脑海里便会闪现书记那意味深长的话。

那天，雷强最担心的事终于发生了。他回家妻子递给了他一个大信封，里面鼓鼓的，说是下班在地上捡起的，大概是门缝里塞进来的。信上赫然写着雷强收的字样，右上角还有举报二字。信里的内容和夹在其中的相关证据，让雷强惊恐得彻夜难眠。

妻子从他的不安中察觉出来了，就问，是关于华硕的吧？他下意识地嗯了一下。妻子从床上嚯地坐起，华硕对你对咱家可是不薄，你可要帮他！你们是大学同学，他要出事了，你怎么办?！雷强嗯了一声，说我知道。你可不能出卖朋友啊！妻子临睡前告诫他。

第二天，雷强刚上班，纪委办公室来电话，说是纪委让他参加一个紧急会议。雷强愣了一下，便把那封信放进包里。走廊上，华硕的办公室离他只有几步远，他在犹豫。准备出去吗？华硕突然出现在他身后。他看着华硕，突觉得一丝不安袭上心头。瞬间的犹豫后说，我下去转转。哦，去吧，晚上咱俩喝酒。华硕走进他那豪华的办公室。

会议室里就他和书记俩人，书记似乎没事一样跟他拉家常。雷强心里像翻江倒海，根本没心思听书记说。他终于打断了书记的话，从包里拿出那封举报信。

书记接过他的信，认真地从头到尾看完，问他，你觉得这封信可信吗？他激动地说，书记你考验我吗？我在建委工作，证据确凿！

书记爽朗地笑了，站起走到他身边，你是个称职的纪检干部！雷强觉得自己眼泪要出来了，不是为书记的话，他想到华硕心里一阵酸楚。他怔醒过后，对书记说，要尽快找到举报人。

书记哈哈大笑起来，不用找了，我就是举报人！你那同学进入我们视野两年了，因你跟他交往过甚，你进建委是组织上顺水推舟，碰巧我们想到了一起，只是各取所需，你过了组织上对你的考验……

雷强忽觉脑子空荡荡的，似乎背站在了悬崖上，冷风从脊梁一阵阵吹过。

七　夕

〇曾　颖

农历七月初七这天一大早，民工生富心里就像猫抓了似的一阵一阵地发痒。报上说今天是中国情人节，他觉得今天无论如何要去见见快两个月没见面的妻子春花。他们结婚一年了，待在一起的时间加起来总共不到15天，其余的大多数时间，他们都是靠想像对方过日子。

其实，生富和春花打工的地方离得并不远，都在一个开发区里，走路也要不了20分钟。但生富却觉得这距离比阻隔牛郎织女的天河还远。牛郎和织女隔得再远，总也还有鹊桥相会的时候。

春花的运气显然没他好，直到天快黑的时候也没出现在厂门口。看来，厂子的老板并不认同这个节日，因此，关上厂门，照常加班。

如果换上往日，生富至多狠狠地将脚下的一堆烟头儿踢飞，在心里骂上几句，或跑到小卖部喝上二两酒看一会儿电视，晕晕糊糊回宿舍往床上一扎，拉开被子又是一个天亮。可今天却不同，生富一定要等下去，直等到天亮也要等下去。与天河两边的牛郎和织女比起来，工厂围墙那边的妻子毕竟要近些。

天上的云层很低，城市的夜光把星星逼得东躲西藏。这让他怀念起家乡那些日子。每当七月初七这个夜晚，春花和一帮女娃子就会到村后的大树下，把各自做的吃食和针线活儿摆出来，向织女祈告，对着天唱："不求你的针，不求你的线，只求你的七十二般好手段！"

那声音总会传得很远，让小后生们心里痒痒的。他们会悄悄躲在黑夜中，暗暗向自己心爱的女子许下一个心愿。

所有的心愿，只有生富的最终实现了。而其他的后生，因为这样那样的原因，看着自己心爱的女子离开了。这也是生富最值得骄傲和自豪的，他的春花是唯一不贪钱的。他这样想着，看着远处车间里的灯光，心里暖暖的。几个小时在不知不觉中竟悄然度过了。

车间里的灯火终于熄了，人声嘈杂了数分钟之后，很快归于沉寂。生富在小卖部给妻子的工友小兰打了电话，请她转告，自己在厂门后面等她。小兰有些不耐烦，但终于还是转告了。

生富以百米冲刺的速度跑到后门，翻墙而入，看见妻子已站在大草坪上。

妻刚洗了澡，头发湿湿的，有一种好闻的香味。他把她拥在怀里，眼泪一下子流了下来，说：咱们回老家种地吧！至少每晚我都能看到你。要么，给你买个手机，至少我每天可以听听你的声音。只要一分钟就成，一分钟咱消费得起……

妻说：别想这些不现实的，好好挣钱，别乱花。等攒够了做小生意的本钱，我们就能在一起了……

生富觉得这事是扯不清的，于是不再浪费时间。他把妻子搂在怀里，鼻子里都是一股令他疯狂的气息，这气息催着他把妻子抱得紧紧的，紧紧的……

这时，远处狗吠声大作，妻子推开他，让他快走，保安队来了。厂子最近常丢东西，被抓住可说不清。

生富于是就跑，但最终没跑过狗。

在保安室，春花一遍又一遍求情。说生富是自己的老公，只是来看看自己。

来看老婆就可以翻墙吗？根据厂规，翻墙进入厂区的，罚款200元！

保安队长是个很讲原则的人，死活要按厂规办事。如不然，就要报告厂长。这让春花害怕了，赶紧应承着答应了。两人掏空口袋，凑了184元钱。保安队长看实在没有了，也就优惠16元钱把他给放了。

回到宿舍时，生富很郁闷。邻床的小四问：见到嫂子了？玩高兴了？

高兴个鬼，翻墙被人罚了184元！

那岂不比要小姐还贵？

是啊！可那是我老婆啊！我还没怎么着，就花了184元啊！

你知足吧，你还想怎么着呢！咱们车间的二秃子，上星期去他老婆宿舍里睡被抓住了，厂方说他违反了“严禁男女混睡”的厂规，罚款300元，他老婆还被开除了。比起他，你幸运多了！

黑暗中，小四听到生富长长地叹了一口气。看来，他并没有因为比二秃子幸运而有半分的高兴……

夹在车窗上的纸条

○孙道荣

“嘀——嘀——”楼下传来持续的汽车喇叭声。

又一个早晨，在吵闹中惊醒。起身，伸头看看窗外，楼下逼仄的过道上，密密麻麻停着一排车，靠近路口的地方，一辆车斜停着，将整个道路堵死了。一辆看样子准备驶出的小车，被卡在了路口。驾驶员一边摁着喇叭，一边从车窗里探出头，仰着头四处张望。

果然又是被堵牢了……

几乎每个早晨，都是在这种嘈杂声中，拉开一天的序幕。

小区里车满为患，经常看到一辆辆私家车，像无头苍蝇一样，在小区里乱转，希望能找到一个缝隙，将车塞进去。

车多，矛盾也多。诸如刮擦啊，抢道啊，乱停乱放啊，等等。当然，最大的矛盾，还是居民不断增长的汽车拥有量和小区有限的停车位之间的矛盾。

矛盾集中在一早一晚。晚上，大家都下班了，像小鸟一样飞回小区来了，飞回来的小鸟却找不着巢，没停车位啊。于是，你追我赶，你拥我堵，常常为了争一个停车位，互不相让，甚至大打出手，低头不见抬头见的邻里关系，被日趋紧张的停车位给整得荡然无存。有时候，回去晚了，只好将车停在小区外的道路上，再步行几百米回家。

也有横的。半夜回来，一看，没车位啦？那就停哪儿算哪儿，反正第二天就开走。这一停不要紧，里面的车全让它堵住了，出不来。于是，大清早，小区经常在一阵阵骚乱中，惊醒。急着送小孩上学的，忙着上班的，赶着去车站接人的，全围在那辆蛮横地堵住了他们出路的小车前，踢车轮，拍打引擎盖，大声叫喊，拼命摁自己的车喇叭，急得团团转，骂娘，打电话给社区……混乱的早晨，就这样夹杂着急促的喇叭声、刺耳的警报器声、愤怒的叫喊声、气急败坏的拍打声，混合成一首难听的交响曲。

车位之争，成了小区的老大难。

那天，我一早要用车。来到自己的车旁，发现后面堵了一辆车，将路给堵死了，进退两难。我又急又气，围着那辆车，乱转。忽然无意中发现，在车的后挡风玻璃里，贴着一张小纸条，凑过去一看，乐了，上面写着："如果挡您道了，十分抱歉！需要移车，请致电 139……"还画了一张卡通笑脸。我连忙拨通那个电话，对方语言混沌，显然还没睡醒，但一听是挡了道了，连声道歉，而且很快就提着裤子赶来了，将车开到一边，腾了道。

幸亏这张小纸条，否则，我非被急疯不可。

此后，我也在自己的车上贴了个条，留下了我的电话号码。

很快，我发现，小区里的很多车辆，都在车后的玻璃上贴了一张小纸条，写着一串串号码。偶有堵车状况，按照纸条上的号码，一个电话就能找到车主。

一张小小的纸条，解决了不少难题，化解了很多矛盾。

朋友老罗跟我讲了另一个纸条的故事。那天早晨，老罗刚上车，忽然发现刮雨器上夹着一张纸条。老罗的心一惊，以为是罚单。下车，拿起来一看，是一张便条："对不起，昨夜停车时不小心刮了你的车，请与我联系，我的电话……"老罗绕着车转了一圈，右后侧是有一点点不太明显的擦痕。老罗感叹说，自己的车，经常会莫名其妙地多出一些擦痕。真没想到，还会有人主动“送上门来”。

老罗告诉我，那天，他还是按照那个号码打了电话。他不是要他赔偿，但他一定要告诉那个人：谢谢你留下的那张纸条。

有时候，一张纸条，予人方便；有时候，一张纸条，带给人温暖。

市场留守者

○申　弓

便民市场原来设在道边，那时市民要买菜，确实够方便的了，自行车在路边一撑，随手就可以买到你所需的鸡鸭鱼肉或新鲜菜蔬。只是那塞道的自行车给交通造成了不便，正是得一样，失一样，或者说是得失相补。现在的城市构建者首先着眼的不是方便，而是安全和体面，于是便将小市场往里挪了个位置，也就是往街内伸入约 50 米，建好了一个漂亮的市场。可就是这往里挪个几十米，人们不干了，先是买菜的不愿意，下班匆忙，又要往里拐几十米，且自行车摩托车得放在一处保管，不说要交保管费，就那存取手续也嫌麻烦。再就是那些摊主也不愿意，卖惯了道边，一下子要搬进去，远了且不说，在他们眼里就好像是藏起来一样，因而在强行性搬迁时勉强地搬了进去，可一到中午，便有人将自己的东西拿到了原来的道旁，让下班过往的人方便购买。先是一个这样做了，慢慢地，摊主们都纷纷转移，一时间，城管也好像管不了，法不责众嘛，你能处罚几个？

李老哥不搬。整个市场，就只剩下李老哥一人在坚守阵地。

李老哥卖的是青菜，有青翠欲滴的芥菜，有鲜嫩可口的玻璃生菜，有带着小黄花的冬菜，还有红红的胡萝卜。这些都是李老哥自己在地里侍弄出来的，城里人都叫作绿色无公害蔬菜。原来在道边，他的是最好卖的，可搬进了小市场，处境不怎么叫好，加之别人搬了出去剩下自己孤零零的，也就更不好卖了。

不过他就是不搬。不就是一担青菜吗？怕什么，卖不了，家里还有猪。

可怜李老哥那一担青菜，从早上摆到下午，竟慢慢地皱了，那青绿色也开始泛黄，还是无人问津。也好，卖不出去，晚上让栏里的猪改善一下生活。

第二天，李老哥照样挑了一担青菜来卖，到了中午，别人照样转移，他还是岿然不动，有个叫王老三的邀他：李老哥，一起搬吧，我昨天的菜不一会儿都卖完了。

不搬。

走了的人都在讥笑他，真是搬犁不会转肩啊，有这样做生意的吗？

他就是不动，打定了主意，卖不完挑回去喂猪。心里却说，我就不相信这市场会没有来买东西的！

也不知道是搬出道边经常被赶，还是搬进搬出太麻烦，反正在几天以后，就有另一人不搬了，是张老四：李老哥，我们做伴，不走了。

张老四摆的是咸淡，这是城里人说的，也就是经营些带着味儿的副食品，诸如咸头菜萝卜干豆豉酱清补凉等。

这样，原先孤独的李老哥便有了伴。有伴总比没伴的好，他们可以在一起说说话，或者拿出自带的小菜，打一角木薯酒，二人一起小酌，直到日落，直到散圩。

再过几天，谭六婶也不走了，利八婆也坚持了下来，慢慢地，走的人也回来了。人们也就不得不多拐几十米进来小市场，以致慢慢地发现，其实这里买卖也挺不错的：一是市场规范，没有欺行霸市、缺斤少两的行为；二是卫生整洁，车辆停放也安全。

过了一段时间，小市场兴旺起来了。尤其是李老哥的摊位，还有张老四谭六婶他们几个都占着了有利的位置，生意总比别人好。其他摊主提出，每半个月调整一次，调整的方法是抽签，抽到几号就搬几号，不得老占一个地方。张老四还有谭六婶不干，谁叫你们不坚持？现在好了，又想翻天。不行！

李老哥却同意了。在李老哥的带头之下，调整成功了。

晚报《百姓生活》栏目记者来访，他们找到了第一个留守者：李老哥，你当时是怎么想的？

也许你们不知道，这个市场是谁承包的？

李德林啊，怎么不知道？

是啊，就是我那不争气的儿子。

一块砖等于多少钱

〇李世民

一块砖等于多少钱呢，王小多算来算去，到底没有算出来。

王小多想，还是自己喝的墨水少。

王小多是一个小工，每天像一只蚂蚁一样跑上跑下地伺候着两位匠人。匠人说，砖，王小多就搬砖；匠人说，灰，王小多就运灰。王小多是匠人的兵，匠人让王小多干啥，王小多就干啥；砖和灰是王小多的兵，王小多让砖和灰在哪，砖和灰就在哪：这，是王小多认为的。

出事的那一天，是王小多的生日，王小多在干活的时候就暗暗拿定了主意，中午在食堂里要一份猪肉粉条，为自己庆贺一下。快下班的时候，上面砌墙的匠人说，砖。下面的王小多就捡起一块一块的砖，撂给匠人。也许，是逆射的阳光刺疼了王小多的眼睛，也许，是王小多的胳膊有些酸了，反正，上面的匠人没有接稳，那块砖像一只被猎人射杀的鸟，在空中打了个旋，回落了下来，被王小多的脑袋接住了。也许，那是一块已经多余的砖，也许，那是王小多撂出的最后一块砖，不管怎样，事情还是发生了。

虽然王小多捂住了脑袋，两条红色的毛毛虫还是像下坡的小车一样顺着耳朵流了下来。王小多下了工地，穿过食堂，向工地外面的诊所走去，穿过食堂的时候，王小多嗅到了猪肉粉条的味道，在这个过程中，王小多还放慢了脚步，张了一下嘴巴。

包扎伤口时，医生收了王小多10块钱，王小多觉得，医生长了一双能穿透衣服的眼睛，因为，王小多的口袋里，正好装了10块钱，王小多把钱交给医生的时候是极不情愿的，他觉得掏钱的滋味比砖砸住了脑袋的滋味还要难受。

下午，王小多觉得头部隐隐作痛，他向工长请了假，休息了。整个下午，王小多心里都是乱糟糟的，睡在板床上，他觉得腰疼，坐在房前的空地上，他感到浑身都像针扎一样，后来，他干脆溜了出去，到城市的大街上晃荡，可是，他的两条腿又像脱了档的机器一样不听使唤。

第二天，王小多早早地向工地走去，他不愿意再耽误一个工了。到了工地，王小多冒了一个想法，他认为，自己包扎的10块钱应该由匠人来付，如果当时匠人接住了砖，自己的脑袋根本不会砸伤。王小多还想，如果匠人付了10块钱的话，既找回了自己的面子，又挽回了一些损失。所以，王小多对匠人解释说，你要付给我10块钱。匠人瞪了瞪眼，对王小多说，你应该付给我10块钱才对。匠人的理由是，王小多撂砖的时候，擦伤了匠人的手指，匠人补充说，如果你不付钱，就别想跟着我干！

王小多胃里像堵了一块泥疙瘩，一阵子恶心，头部也隐隐作痛起来，王小多知道，匠人说的话，既有威胁的一面，又没有夸张的成分。按住隐隐作痛的头部，王小多苦笑着对匠人说，下个月发了工资，一定给您10块钱。

晚上，王小多怎么都睡不着，他分析着，这个事情不对头，里里外外自己太吃亏了，而且，是一个哑巴亏。后半夜，王小多起了床，他走到工地上的水池边，洗了一把脸。一阵风吹来，王小多打了一个哆嗦，一个哆嗦，让王小多哆嗦出了一个新的念头：自己的伤，是在工地上发生的，应该算工伤吧，工伤，就应该由公家买账。

第三天，王小多找到工长，指着自己的头部说，我的伤是工伤，应该补助20块钱的医疗费。工长没有回答王小多，而是反问道：当时，你戴安全帽了吗？王小多回答：没有。工头说，这就对了，没戴安全帽是违章的，你应该知道吧，按上头的规定，罚款两百元，这样吧，不让你掏现金了，从下个月工资里扣除。王小多小声说，不罚不行吗。工长斩钉截铁地说：不行！

就这样，王小多哆哆嗦嗦地在罚款单上签了字。

包扎伤口10块，付给匠人10块，耽误了一个工，大概20块吧，罚款两百块，还有，这里里外外呢。

一块砖到底多少钱呢，王小多真的没有算出来。

较　量

○程宪涛

纪委的老马盯住了牛局长。人们私下议论牛局长要栽了。

牛局长五音不全却喜欢喊几嗓子，每每酒足饭饱都要去歌厅。每次总要叫上几位女士陪唱，而且最近频繁出入歌厅，尤其喜欢和女秘书去K歌。

牛局长的嗜好传遍局机关，而且一传十十传百，内容不单是唱歌那么简单了，说牛局长与秘书唱上床了。事儿被描画得有鼻子有眼的，在社会上造成了很坏的影响。

牛局长没有在意，在会场上瞪了眼睛道，我唱歌咋啦？就唱了。大庭广众公开叫板。

老马从针鼻大的洞里感受到斗大的风。老马向来以挖掘案件的切入点刁钻著称，市里几起经济案件都由他来操刀，比如他从某官员的一件价值万元的西装上窥出端倪，比如他从一个税务人员昂贵的腕表上找到弊端。只要他认准的事儿十头牛甭想拉回来，几个贪官就是被这股劲儿揪住了尾巴，老马也成了小城里的反腐英雄，所以那些经济犯罪人害怕他，经常和他玩猫捉老鼠的游戏。现在，职业的敏感性告诉老马，自己正在接近一条腐败的大鳄。

调查进入到组织程序，老马从调查牛局长的生活作风问题入手，他确信从这个角度一定会掀开冰山一角。

很多人在拭目以待。

但是老马在寻找到当事人的时候，女方矢口否认一口回绝。传说中的时间地点人物都被否决，当事人有不在现场的确凿证据。

老马似乎把小城的天捅破了。女当事人声称要雇用律师状告老马，继而状告老马所在的单位，老马严重损害了良家女子的名誉，不仅仅要赔偿名誉的损失费用，还要求在晚报上公开道歉赔礼，否则就付诸法律进行裁决。女方的丈夫更是义愤填膺，竟然到单位围攻老马要求恢复名誉。

严肃的公务似乎变成了闹剧，老马骑虎难下尴尬莫名。那张如同压皱的面包似的瘦脸，更加显得阴沉而刻板，就像一扇打烊的门板。

老马陷入巨大的漩涡之中，消息灵通者透露，组织上要对老马做出处分，他影响了组织在百姓心目中的权威。

所有对牛局长的流言飞语不攻自破，老马的调查似乎是为了给他洗刷污点，牛局长招摇过市地行走在大街上。

有人私下劝说老马私了算了，个人赔偿当事人一些钱，或者去赔礼道歉罢了。否则无论个人还是组织都无法下台阶。牛局长派人传话来说，只要老马说声对不起就当拍掉屁股上的灰尘了，大人不计小人过嘛，不要一根筋挺下去了。

老马听罢小眼睛闪亮，道，有了！

就在双方相互对峙的时候，老马对牛局长的经济问题调查有了重大突破，不日牛局长被纪委带走双规。

牛局长百思不得其解。见到老马道，我精心设的一个局，明修栈道暗度陈仓，引导你们误入调查的歧途，以为能够躲过劫难，一举两得一箭双雕，想不到会有今天。

老马笑道，本来我快要进入圈套了，后来你说我一根筋提醒了我，我将计就计换了一个角度调查，你自以为得逞而忽略了另外角度的防范，我正好乘虚而入一一突破。

柳小犬

〇金　波

柳小犬，善撵鱼。开始，七斗冲人称其为“撵鱼匠”，后来电视普及，冲人从中得知世上这“大王”那“大王”不少，便也称柳小犬为“撵鱼大王”。

七斗冲冲前的小潢河，汇源于崇山峻岭，清亮澈明，水质甜润，比地下水还清纯。所以冲里人不打水井，每天早上下河打水吃。——不过这是从前的事了。

水养人，也养鱼。远远地站在岸上一瞥眼，满河的鱼儿嬉戏游玩，无忧无虑自由生长，令人生出许多爱怜和向往。——这当然也是过去的事了。

既然有鱼在，就有打鱼人。生产队时，七斗冲人忙于挣命根子（工分），没人搭理河鱼。唯有柳小犬不然。小犬爱吃鱼，只要闻得鱼腥就流口水，生产队在每年打塘鱼之后要搞吃鱼比赛，犒劳大伙，小犬稳拿冠军。鱼块一进小犬的口，那两排牙齿左右一错动，喉结一翻，片刻间篦梳般鱼刺整个排出口外。但吃鱼只能待过年，过年容易过月难，小犬实在熬不住腥瘾，便站在潢河岸边打起了主意……

小潢河沙层深厚，踩在上面柔软绵细，舒坦极了。河里有一种小鱼，黑脊白肚，腮帮是红的，在太阳下红光闪闪，人称“红腮鱼儿”。这鱼儿虽长不大，但眼睛贼尖，反应快捷，连鱼鹰也奈何不得。柳小犬看着满河鱼儿犯了手痒，便拿着竹棍下河，看准一条鱼儿拼命追赶、捅捣，嘴里一边骂着。只见那红腮鱼儿跑着跳着，实在逃不脱，就突然反身一蹿，朝柳小犬胯下跑去。小犬不罢休，继续追。一次，就在鱼儿反蹿的工夫，柳小犬身子一趔趄，脚趾上翘，这时突然感到脚心有东西蠕动，伸手一摸，竟是刚才这条红腮鱼儿。原来逃命的红腮儿急不择路，误入绝境。柳小犬会心地一笑，找来灯草串起来。从此他掌握了抓红腮儿的绝招儿……

这撵鱼，便成了柳小犬的首创，常常看见他举着竹杆在河里跳跃的身影，引得大伙纷纷观瞻。

不久，柳小犬的撵鱼工夫就达到了炉火纯青的地步，他不再一只一只地撵鱼，而是一群一群地撵，只要听到他的捅捣声，那鱼儿们就像听到了什么召唤，集体反蹿，以至他的两只脚板下都藏着货，有时一次藏着两只或三只小红腮鱼，令人称奇，他自己亦不解。有人说这是鱼儿自己送命来，比如绵羊杀多了，会自己往屠夫刀上伸脑袋……

当然，撵鱼大王没有申请撵鱼专利，冲里人见小犬每天提回无数串红腮鱼，暗中偷艺，竟不费吹灰之力就掌握了他的本领，甚至有后起之秀超过了他，随时向他的大王头衔挑战。正在这时，小犬的女人也开始向他诉起苦来……

原来柳小犬撵鱼，开始是为了口福，久之生腻，便让女人送到集市上出售，市面上鱼少，生意特好，后来卖红腮鱼的多起来，女人无奈，把当日没卖完的鱼剖腹去肠，在锅里用油稍煎一下，这样不仅去了一部分水分，还可存放三两日，而且风味独特，别人也乐意吃。

红腮鱼儿本来肉嫩味美，经过煎的工序后，更具鲜香之气，每次上市都被一抢而光。后经一中医指点，不再煎，把红腮鱼儿用加过中药的开水蒸一蒸，再晾干，炒咸菜吃，其风味说不尽品不完，还可以治疗多种疾病，不仅平民百姓吃得津津有味，连饭店里也大受欢迎。不经意间，“柳氏干鱼”，竟成了当地一道名菜。

由于撵鱼的人越来越多，有用盘网网的，有用电机电的，也有在河内围起一圈沙埂，用油茶饼毒鱼的，也有在水潭里用炸药炸鱼的，日产鲜鱼无数，全卖给柳小犬做干鱼。这样，女人的劳动强度就加大了。在这个节骨眼上，撵鱼大王急流勇退，任别人下水里去折腾，既保住了“大王”之名，又可以从事比撵鱼更能获利的干鱼买卖。听说乡政府来人与柳小犬商谈开发干鱼、发展特色经济事宜……

可是，柳小犬怎么也没料到，红腮鱼儿的捕捉量大大超过它的繁殖量，其后果会怎样？与此同时，小潢河上游的化肥厂、造纸厂越来越多，河水越流越浑，红腮鱼儿们也就在劫难逃……

“柳氏干鱼”面临原料枯绝的威胁，而订货却越来越多。柳小犬急得猫爪搔心，虽然乡里投资在河潭处造了许多网箱人工养殖红腮鱼儿，可那浑浊的河水、那人工配制的饲料，养出来的红腮鱼儿口感肥腻，做出来的干鱼竟缺少独有的天然风味。“柳氏干鱼”销量每况愈下，不久便陷入停产。

如今，柳小犬年已天命，显得疲惫苍老，自叹大势已去，整日愁眉紧锁，站在浑浑的小潢河边发呆，希望从那里再冒出一个鱼种来。时而，他持杆下河，大吼一声，像当年撵鱼一样跑跳着、捅捣着，满河响起“嚓、嚓”的声音，其勇猛不亚于当年。之后，便掩面痛哭，那样子，极惨……

在洗衣机里钓鱼

○巩高峰

把自行车扶起来的时候，张一丁一边倾斜着身体让右腿跨过自行车好保持站立，一边不停地告诉自己，张一丁，你很勇敢的，不要哭，这点小伤不算什么，自行车都不哭，你也不要哭。可他似乎意识到了什么，一扭头看到了我，终于还是忍不住苦苦的脸上紧锁的眉头，哇的一声哭了出来……

我皱了皱眉，边收拾我的渔具边等着他的哭声小下来。直到我收拾好了板凳、遮阳伞、渔具袋，抽空瞪了他一眼，张一丁才戛然止住了哭声。显然，他刚才是被我吓哭的，现在，又被我吓得不哭了。

说实话，我实在是不知道该怎么面对一个4岁的儿子，而且还是一整天。尽管张一丁这个名字是我给他起的，但除了这个以简单为目的的名字之外，我从来没有觉得他和我关系有多密切。起因也很简单，从他有意愿的那一天起他就不喜欢我。我一抱他就哭，一亲他便大哭，怎么哄都不行，除非回到他妈怀里。那么，你让我怎么为一个抱都懒得让我抱的儿子调动起全身心的慈爱?

所以，如果不是他妈临时要加班，我才不会面临现在这个难题，因为我有太多理由躲开他了，即使没有理由我也能编得出来。

我和小力约好了去钓鱼的，而且准备钓一整天，这次非分出胜负不可。不是我不能失约，是我不想失约。

张一丁。我对着儿子招招手，他已经抹完了脸上的眼泪，怯怯地牵着他心爱的小自行车，慢慢过来了。

你喜欢钓鱼吗？

喜欢！我妈说今天你会带我去钓鱼，我就可以跟小力叔叔学了。

这家伙，听到钓鱼脸上竟然很快绽放出笑容来，变得真够快的。

那爸爸给你弄个小鱼塘，你在家好好学，学会了再带你去大鱼塘里钓大鱼，好不好？

张一丁不说好也不说不好，只是满脸疑惑地四下打量了一下家里，似乎是想看看哪里能弄个鱼塘呢？我拉着他的小手，抓紧时间一路小跑着来到洗衣机前，打开盖，放水，然后告诉他，现在，我把洗衣机弄成一个小鱼塘，一丁拿着你的小鱼竿在家里好好学，爸爸出去一会儿，回来要检查你学得好不好。

张一丁满脸兴奋地看了看蓄了半桶水的洗衣机，疑惑着问，没有鱼，我怎么钓？

我承认我已经按捺不了我的火气了，我从来没这么耐心过，但我还是不耐烦了。逡巡了一圈，我从我的鱼缸里捞出一条锦鲤出来，这鱼命大，放自来水里一天死不了。然后我干脆有备无患地打开我的渔具，取出一截蚯蚓，帮他把鱼饵都挂上了。我没听说锦鲤也会上钩，这条鱼让他钓上一天，应该没问题。

很快，正式的鱼和鱼饵完全吸引了儿子。

我刚要走，他却马上回头了，爸，你多会儿回来？

我愣了愣，不知道该给他一个什么期限。于是我伸手把他的小洗澡盆拽了过来，说，等你把鱼钓到你的洗澡盆里，我就回来了。

终于扑灭了疑问，闪身关门的时候，我窃笑着，发现自己从来没有如此狡猾过。所以，我神清气爽地来到和小力约好的池塘边上，大战起来。

似乎是流年不利，这一天我全败而归，别说超过一斤的鲤鱼了，我连一条巴掌大的草鱼都没见影子。气呼呼地拒绝了小力要求战败方请客吃饭的要求，因为太阳西坠让我忽然想起了洗衣机旁的儿子。我必须赶在老婆回家之前进门！

门仍然是锁着的，还好。可是一拧开门，竟然一股腥气扑面而来。接着，一个属于胜利的腔调又响起了，爸爸，你撒谎！你骗人！你说我把洗衣机里的那条鱼钓到洗澡盆里你就回来，可是我把你鱼缸里的鱼都钓到洗澡盆里了，你还没回来！

我这才发现，张一丁那个洗澡盆里竟然大大小小地堆着五条锦鲤。不知是因为水少缺氧还是盆小空间逼仄，五条锦鲤奄奄一息地翕张着腮，身子却一动不动。

我赶紧收拾卫生间和鱼缸，顺便清洗了儿子身上和手上的鱼腥味儿。好在老婆还没进门。

那几条锦鲤果然命大，回到熟悉的鱼缸后很快又游动着去找吃的了。而回头再看儿子，我有点犯愁，不知道该怎么履行战败的承诺，这显然不是一顿请客吃饭能堵得了他的嘴的。如果他对马上要回来的老婆说了今天的事，我下面一个月甚至几年耳根子都不会清静的。

我不得不继续动用我的狡猾，张一丁，爸爸输了，你可以惩罚爸爸，随便什么要求都可以，只要你不跟妈妈说。

张一丁歪着脑袋，用胜利者的大度神情瞅了瞅我，那、罚你陪我骑自行车吧，你从来没陪我骑过自行车。

我愣住了。在张一丁怯怯的催促下，我站起身，说，好，那今天爸爸带你到小区里去骑，玩儿到你累了为止。

我妈不让。

有我呢，我兜着！

一言为定?

走，出发！

出了门，我忽然想起了什么，弯下腰看着儿子的眼睛，郑重地说，张一丁，爸爸跟你讲，以后骑自行车再摔倒了，记得先爬起来，然后随便哭，放开了声哭，这样就不怎么疼了。知道了?

张一丁也看着我的眼睛，似懂非懂地点了点头，又摇了摇头，说，不，我们老师说了，男儿有泪不轻弹，男子汉大丈夫不能随便哭的!

拜　年

〇侯发山

年关到了，年货还没置办，“西瓜大王”刘老根就思谋着初一拜年的事了。

现在各行各业各色人等都把拜年当成拉关系走门路的黄金时期，而一年当中只有一次拜年的机会，因此马虎不得。老伴儿叹口气，说今年都去给谁拜？税务所所长？工商所所长？还是……没等她把话说完，刘老根就打断她的话，说咱是小本生意，不敢这样拜啊。老伴儿疑惑地说那咱不拜？刘老根说不拜会中？咱今年不给别的拜年，只给城管执法大队张队长拜年。老伴黯然着脸，说中，卖了一季西瓜，城管执法大队找了咱几回碴。

西瓜刚下来的时候，刘老根和老伴儿拉了一车西瓜刚停到街口，城管执法大队的几位队员如同天降，迅速把西瓜车包围了，说他们占道经营，影响交通，要罚款200块。刘老根苦苦哀求，老伴儿也是一把鼻子一把泪地诉苦，围观的群众也都替他们讲情。在这种情况下，城管执法人员才让他们把车拉走了事。第二次，城管执法队员说他们在居民区家属楼经营，噪声扰民，把秤给摔坏了；第三次，城管执法队员说他们乱扔瓜皮（其实是顾客扔的），把一车西瓜给拉走了……

刘老根苦着脸，说咱没别的手艺，光会种西瓜……跟城管打交道的日子长着呢，不烧香会中？

老伴儿哆嗦着手从床下边摸出一个鼓囊囊的方便面袋子，说那就给城管执法大队的张队长送200块？

刘老根说两个巴掌，得1000块，少了人家看不到眼里，反说咱恶心人家哩。多给我几张，若碰见人家小孩在家，还不得丢两张压岁钱？

老伴儿嘟囔说，又得两车西瓜。

刘老根无奈地说，咱这不是给逼得没办法吗？舍不得孩子套不到狼，羊毛出在羊身上，别可惜那俩钱。

大年初一早上，刘老根连饺子也顾不着吃，就简单收拾了一下，揣上钱准备上路。他怕去晚了，让其他的送礼者看到，给张队长难堪。刘老根虽说是个粗人，但也知道其中的道道儿。

谁知道，就在刘老根出门时，迎门进来一群人，其中就有他熟悉的几位城管执法人员。刘老根不由一愣，说你们——

有位城管执法人员忙趋前一步，把一位戴眼镜的中年男人介绍给刘老根，说老刘，这是新上任的焦队长，今天来给你拜年来了。

焦队长？给俺拜年？刘老根扑棱着眼睛，半天回不过来神来。

焦队长笑着说大叔，您叫我大焦好了，我一个月前才去城管执法大队上班……欢迎对我们的工作多提批评意见。

刘老根明白过来，心说好险啊，要是把钱送给张队长，还不得打了水漂啊？他来不及多想，忙把几个人往屋里让。老伴儿也热情地把花生、瓜子等东西摆放出来，让焦队长他们吃。

焦队长说大叔，您是咱这里有名的“西瓜大王”，我就是吃着您的西瓜长大的。

啊，啊。刘老根尴尬地应答着，他不明白焦队长今天的来意，心说也是黄鼠狼给鸡拜年没安好心，来讨要红包的？

焦队长笑了笑，真诚地说大叔，在过去，我们城管执法工作确实存在缺陷，给您和大家带来了不便，在社会上造成了极坏的影响……我在这里给您赔礼道歉，大叔，对不起！

顿时，刘老根的心里热乎乎的，不知道说什么才好。

焦队长说，我们今年计划给你们这些商户划分几片经营的区域，或者在不是中心市区的主要路段，设置定时摊点。

刘老根大喜过望，说好，好。

焦队长说，当然，不能说你们占了地盘就什么都不管，脏水、垃圾到处都是。

刘老根说你放心，俺的屁股俺擦干净就是，绝不会把瓜皮乱丢。

焦队长拿出一张新年贺卡交给刘老根，说这是我们的心意。

刘老根接过贺卡，只见贺卡上面写着：城市是我家，管理靠大家，谢谢您对城市管理工作的支持，给您拜年了！

刘老根激动得语无伦次，说谢谢焦队长，今天就在我家过年吧？

焦队长说不了，我们还要去给其他商户拜年哩。说罢带领他的队员们转身走了。

刘老根的老伴儿带着一双面手出来，在后面嚷道，说饺子煮熟了，你们尝尝啊？

焦队长挥了挥手，走远了。饺子的香味已经飘出窗口，和着时而炸响的鞭炮声，在新年的空气中渐渐地蔓延开来。

劳动节

〇秦德龙

五一劳动节，怎么打发三天的小长假呢？白若白想到了乡下。乡下好啊，乡下空气新鲜，没有污染，到乡下去旅游，赛过活神仙！

白若白吹着小口哨，只身去了乡下。

果然，山川秀美，田野妙曼。住到农家乐大院，主人问白若白："想不想参加农业劳动，体验一下做农民的乐趣？"

"要得，要得！"白若白随口应着，指着"农业劳动价目表"说："每个项目5块钱？我参加两项：种玉米、种棉花！"然后，交了10块钱劳动费，加入了劳动大军。

劳动开始了，白若白和一些来自城里的人，跟在一个老农民的身后，一招一式地学着，充满了劳动的乐趣。一上午，他们种了好大一片玉米，又种了好大一片棉花。白若白指着汗水幸福地想，秋天的时候，再到这里来，亲手收获自己播种的玉米、棉花！

休息时，白若白从瓷罐里倒了一碗白开水，咕咕嘟嘟喝了个底朝天。乡下的泉水，就是甜啊，绝对没放漂白粉！回城的时候，一定要灌一瓶乡下的泉水。想到这里，白若白问老农民："大叔，今天是劳动节啊，您怎么不休息呢？"

老农民笑道："劳动节不劳动干什么呢？我们天天都在劳动，天天都在过劳动节。"

白若白张了张嘴，笑了。老农民真幽默，太幽默了。

老农民又说：“乡下人和城里人不一样。我们乡下人只过六个节日——春节、元宵节、清明节、端午节、中秋节、重阳节。”白若白吁了口气，明白老农民打岔了。不过，一股诗情却不由分说地冒了出来：“劳动节/劳动的人在劳动/不劳动的人/在过节……”

“你说什么？”老农民不解地望着白若白。

白若白难为情地低下了头，不知该怎么和老农民解释。

老农民说：“你们城里人，过节比农民多。你能告诉我，城里人一年要过多少个节日吗？”

“国际国内的都算，100多个吧。”白若白随口说。

“真羡慕城里人啊，三天两头都过节！”

“天天都是节日，有什么意思呢？”白若白说。

老农民笑道：“还想参加农业劳动吗？下一个节目是给麦苗打药，参加就交5块钱。”

“麦苗还要打药？乡下不是没污染吗？”白若白提出了质疑。

“城里人来了，乡下就有污染了。”老农民笑着说，似乎很在理。

白若白挠了挠头皮，啥都别说了，交了5块钱，跟着老农民，去给麦苗打药了。

第二天上午，白若白不再参加任何农业劳动了，专门去看了“农村女工作坊”。他饶有兴趣地观赏了纳鞋底、做布鞋、补衣服、缝被子，还同妇女们唠了家常。中午，他吃了妇女擀的手工面条和手工蒸馍。体验这些乐趣时，白若白想：娶个农村媳妇也不错，心灵手巧，绝不会好吃懒做的。

有了这个想法，白若白就乐不思蜀了。

当然，想法也仅是个想法，到乡下来旅游，是来不得真浪漫的。不过，他还是莫名其妙地亢奋起来了，问农家乐的主人，可不可以介绍个

“表妹”来认识？可以的话，他就甘当“表哥”了，皇帝也有草鞋亲嘛。

农家乐的主人笑道：“先生，您不是和农民开玩笑吧？”

“不是，农村真好，农民真可爱，农业真幸福。我想变成个农民的心都有了。”

“那你去把茅房里的大粪出了吧。”

“让我出大粪？”

“对啊，你不是想当农民嘛，总该为农业做点贡献吧？”

白若白尴尬地笑了：“当个农民，还不容易呢！”话锋一转说，“我明白了，你们农民，是怀着仇恨看城里人的！”

主人摇摇头：“你说得不对，是城里人嫌弃乡下人！”说着，端过一杯咖啡递给白若白：“你们城里人，都爱喝这个，对吧，一股子药汤味。”

白若白接过咖啡，呷了一口，咂咂嘴，品道：“奇怪，乡下的咖啡，怎么混有香草味呢？”

主人说：“你是来乡下过节的，当然会感觉到香了！”

白若白感慨地说：“劳动节看见劳动的人，我才知道自己是个不劳动的人！”

作家，就是这样被扼杀的

○刘　玲

上星期高中同学聚会，散后，我构思了一篇关于初恋的小小说，定在今天动笔。

动静挺大的，还泡了一杯清茶，这是少有的隆重。

刚打开页面，学校门卫来电话，租赁门面房的那帮人搬梯子架线，可能要偷学校的电。这还了得，马上关了电脑，杀将过去，一番斗智斗勇下来，写文章前酝酿的那点感情早已消散殆尽。

要不，看点剧情，培养一下情绪？

带点强迫地，看了一集黄晓明版的《上海滩》。其实，强哥潜意识里爱的是方艳芸，冯程程是让沧桑过往的许文强感知了世间的纯真与美好。程程有显赫的家世，如花的容貌，受过良好的教育，爱上这样的女孩儿，是每个男人的本能。我始终认为，许文强和方艳芸相知更深。

刚有点感觉，老妈来电，告诉我今天高温。我说我知道，我分别看了中央台、省台、地方台的天气预报，手机信息的高温预警收到了两次。又问我，女儿一天是怎么安排的，学习的场所有没有空调，中午吃什么，衣服穿什么，有没有煮防暑绿豆汤，并在电话里告知具体的做法。

老妈的这点温馨提示，把我定位这篇小小说的基调为非主流的想法冲刷地一干二净。我干脆冲个凉，刷新情绪，重新来过。

定位清纯版，看琼瑶阿姨的电影吧。随便在百度搜索，《碧云天》——书，在情窦初开的时节已经看过，如今再看，这剧中涵义可是一眼望到底啊，来情绪，还挺难的。当看到碧涵因后母虐待受伤，被高浩天抱在怀里上车，我的心一脚踩空，终于跌入想象中的感觉。

这时，鱼儿来电，大谈育女心得。我知道一时半会儿不会收线，索性躺下来讲，跟着鱼儿马上陷入养育女儿，将来会遇到定夺上下何去何从的迷茫，不禁连连感慨。

等我坐起来继续看剧情——逸云一脸的弃妇泪痕，碧涵在高浩天心里已经占据半壁江山了。

教导主任来电，明天请假，我应允。挂了电话我才想起，明天的业务活动可是缺一不可啊，屏幕上，“碧云天”三人声泪俱下，我的心乱得只看到画面，已经听不懂，或者说听不到他们的对话。

女儿在洗手间玩化妆游戏，我听到哗啦一声，赶过去的时候，看到我的宝贝女儿整个小屁股都浸在水盆里，洗手间的瓶瓶罐罐集体狼狈着地，女儿仰着自己勾画的所谓的彩妆，笑得没心没肺。

我终于明白，作家，可能一个很优秀的作家，就是这样，被扼杀的。

汤市长坐大巴

〇范子平

汤市长原来也没想去坐公交车，因为市府有皇冠轿车，有奔驰中巴。他就是真的想坐公交车，恐怕办公室也不敢安排，因为，汤市长的安全与健康关系到全市的大好形势，关系到三级干部会的主题报告质量，关系到全市的经济增长指标多少，关系到……多了！

但今天汤市长还真是坐了公交车，坐了那辆摇摇晃晃的9路公交车。

说起来事情也很平常。汤市长的一位大学同学路过这里下榻万弦湖宾馆，昨天他陪客人吃了饭聊了天，今天傍晚来送行。正好司机孩子有病，他就让司机先回家看看等电话。送走客人走出火车站，广场四处华灯璀璨，远处的路灯也一溜溜亮了起来。他掏出手机正要喊司机过来，又想现在一天到晚都是坐，坐办公室、坐会议室、坐小车，趁今晚没有什么紧要事，干脆就在街上走走吧。他收起手机，信步朝来路溜达过去。谁知自己的身体还真是不顶打，还没有过两个十字路口，就觉腰酸腿沉步子迈不动。他暗自好笑，当年自己当知青，可是曾连续步行一百多里路上山拉煤的，唉，好汉不提当年勇！他又掏出手机想喊司机。正在这时，见一对中年夫妇过来，一人扛一个大鱼皮包吃力前行，看年纪不比自己小。男子歪头在领口上擦拭一把脸颊上的汗道："不走了，坐车坐车！"女子道："一坐又是两块钱！"但包裹太沉重，无奈还是在站牌前停住，正好一辆9路车驶来。这9路车市府门口就有站牌，由此汤市长知道是通往市府的。看中年夫妇挤上了车，汤市长突发奇想，这也是“坐车”！你看那中年夫妇还差一点儿就舍不得坐呢！自己何不也坐一趟公交车？就是光为了体验下情也值得！他心想意到，马上随着中年夫妇上了车。人群伴着难闻的气味立即夹紧了他。他掏出一块钱买票，刚把票拿到手中，听中年夫妇和售票员吵了起来。原来是售票员要他们为两个大包裹再买票。两人一犹豫，售票员的难听话像污水一样兜头浇来：“坐不起车别来占地方！”汤市长想说这打工的也怪不容易，放人家一马嘛，可是还没来得及开口，那男人忙不迭又补两块钱。人群拥挤，没有人给老年人和抱小孩的妇女让座，几个嬉皮赖脸的小伙子在人群中老鼠似的钻来钻去。汤市长忽然想起自己这座城市是刚刚被评为“文明礼貌城市”的，脸上有些发热。正想高声讲些啥，忽然想起在这里边不会有人听，还是多了解了解情况吧。过了两站路，那几个嬉皮赖脸的小伙子挤挤擦擦下去，忽听后边爆发一阵哭声：“老天爷，钱包叫偷了哇！”看来正要下车的几个年轻人是贼，汤市长正要上前拦阻，不知道谁握住了他的手脖。原来是一位老者，一直到那伙贼下去，才低声对他说：“可不敢乱惹事，那一天就为这个动了刀子，咱哪里会是对手？”动了刀子？咋没有听公安局汇报？汤市长又一想，就是，一般小刑事案件哪会到他这个一把手面前？公安局要汇报这些琐事，自己还不得批评他们眉毛胡子一把抓？但这其实是关系到群众安全感的大事啊！下车的时候，他费尽气力才挤到车门口，刚刚跳下车，自动门就呼的一声关上，夹住了他的外罩，他着急地嘭嘭敲门大喊，才又把门打开。售票员不知道在里边嘟噜一句什么，才又关门开车。他虽然很重视人生修养，也不禁骂道：“他妈的！简直没有人性！”但为什么会这样？前一段创建文明礼貌城市，全市的报纸电视广播还有会议一直在鼓吹在宣传在教育呀！

第二天上班，汤市长到卫生间大便，听到外边有两个人说话：”昨天我见个人坐公交，像咱汤市长！”“带秘书没有？有电视台记者没有？”“都没有，就他一个。”“那不可能！你肯定看花眼了！相像的人多了！”“那趟车还有小偷作案，我看他也没吭；下车时，叫车门夹住衣裳也没办法，大声哀求才给他放开呢!”“我说吧，看看！真是汤市长，一个电话，公安刑警不呼呼啦啦开过去？再说，要不是上电视，他会上那种车?”“就是！车上看着像，想想觉得不可能。就说是体验民情，不前呼后拥那还叫市长?”

两个人说说笑笑出去了，汤市长陷入了沉思。

谁叫我是你爸爸

○乔　迁

小张大学毕业了。小张对老张说："我不想回来的，我想在外面闯一闯。"

老张微闭着眼，似聆听，似养神。小张说完半天，老张才缓缓打开眼帘，目光严肃地投射到小张的脸上说："还是回来吧。你听我的不会有错。"

小张望望老张，还想说，老张摆了一下手说："就这样定了吧。"

小张就回来了。

小张对老张说："我不想从政的，我去学校吧。"

老张有些惊诧地望着小张说："去学校？去学校干什么？"老张的语气明显不悦。

小张看看脸色不悦的老张，迟疑了一下说："要么，我去科研单位吧！"

老张摇了一下头，极其不满地说："你还能不能有点出息，你念了这么多年的书，就念出这么点志向？"

小张低垂下了头，慢慢地说："我不喜欢从政。"

老张哼了一声，口气不容置否："哪有那么多自己喜欢做的事情。要知道，多少人想从政还没机会呢！我已经跟李局长说好了，你明天就去他那儿报到！"

小张就到李局长处报了到。

小张对李局长说：“你看看能不能让我到业务科室，我想安心搞点业务。”

李局长怔了怔说：“我的意思是让你在办公室，这样对你今后的发展有好处。到业务科室，是能学点技术什么的，但恐怕没有发展前途了。”

小张笑笑说：“我就是想学点技术，我不太喜欢从政。”

李局长看着小张，脸色很为难，犹豫了一会儿，说：“我还是跟张县长请示一下吧。”

小张忙说：“能不跟我父亲说吗？”

李局长微笑着摇摇头。

小张叹息一声说：“那……我就去办公室吧！”

李局长立刻说：“这就对了，你这么年轻，又是大学生，是要有远大志向的。这样，你刚刚参加工作，职务也不好过于高了，就先到办公室做个副主任吧。”

小张问：“那我都做些什么工作呢？”

李局长说：“不用做什么，先熟悉办公室工作。”

小张不解地望着李局长。

李局长说：“你就熟悉办公室的工作就行了。材料和事务由秘书们去做，除了熟悉工作外，主要是学习办公室王主任是如何安排和协调工作的，王主任是多年的老办公室主任了，经验很丰富，但岁数大了，也该换个岗位了。”

小张望着李局长，有些似懂非懂。

一年后，已全面熟悉办公室工作的小张做了办公室主任。

很快，做了办公室主任的小张学会了应酬，学会了协调局长与副局长之间的矛盾，学会了如何给下属们安排工作。更重要的是，小张学会了如何做一名领导，虽然小张现在只是局里的中层干部，但小张已然感觉到了一点甜甜的领导味道。

一年后，局里报请县里提拔小张为副局长。虽然感觉到了当领导的甜味道，并且已经有些喜欢上了这种甜味道的小张还是对老张说：“是不是有些太快了啊?”

老张赞许地望着小张，满意地点点头说：“有点政治头脑了。还需要进一步加强锻炼啊。”

一年后，局里再次报请提拔小张做副局长，县里同意了。小张做了副局长。

做了副局长的小张，完全明白了自己做办公室主任时为什么局长与副局长之间的矛盾那么多，那么难以调和。因为做了副局长就想做局长，就想说了算，怎么能没有矛盾呢?

小张就觉得自己与李局长之间好像也有矛盾了。小张觉得自己想坐到李局长的位置上的欲望在一天天膨胀，疯长。小张就觉得现在的李局长比自己做办公室主任时的李局长缺少了亲切，有些让人厌烦。

小张对李局长的厌烦很快被李局长察觉了出来，李局长一声长叹，对小张说：“我老了，现在应该是你们年轻人的世界了。”

李局长的这句话让小张有些于心不忍，小张对老张说：“把李局长安排好一点吧!”

老张一愣，老张望着如此对他说话的小张，有些担心地说：“你当了局长后，可千万要把握好自己啊!”

当了局长的小张还是没有把握好自己。

小张局长被反贪局请去的那天，已退休的老张听到消息后，一声长叹，两滴老泪凄然而下，老张对老伴儿说：“把房子卖了，再把银行里存的钱取出来吧!”

老张见到了小张，父子俩相对半晌无语。

小张望了一眼老张说：“当初我说不从政，你非得让我从政……”

老张说："当老子的，哪有不希望儿子出息的呢？"

小张听老张说已经卖房子补了他的窟窿，小张哽咽着说了一句："对不起！"

老张哀叹一声说："应该的，谁叫我是你爸爸！"

送温暖

○相裕亭

一进腊月，舞舞扬扬的两场大雪，断断续续地下了十几天，把个大山深处的小小连山乡，抚弄成一片冰雪的世界。

青的松柏，红的砖墙，掩映在厚厚的积雪里，若不是那辆绿色甲壳虫一样的吉普车，进进出出在乡政府大院里，你会觉得这大山深处的一切，都被冰雪凝固了。

乡政府，一连几个座谈会、联欢会，以及慰问地方官兵的活动，都因大雪封山而耽搁了。

眼看，已近年关。

这天，一大早，小林乡长就把民政办的老吴叫到他办公室。说雨雪再大，也不能再等了。

小林乡长翻出前几天老吴列给他各村军烈属以及五保户、老党员一览表，问老吴："慰问的礼品都准备好了？"

老吴递过一支"红塔山"，先给小林乡长捧上火，又给自己燃上，轻轻地吐着烟雾，说："和往年一样，不买东西，每户军属给40块钱，烈属给一百，老党员和五保户什么的，享受军属的待遇，也是40块钱。"

小林乡长想：这大过年的，买点鱼呀肉的，送到人家门上多体面！专门送几十块钱去，是不是有些拐扭？

但，这话小林乡长没有说出口，他来到连山乡任乡长时间还不长。老实讲，眼下这个春节，是他到连山乡的第一个春节，好多事情，还要按老规矩来。

小林乡长数了数慰问表上的名单，说："这么多人家，要跑几天？"

老吴说："我们有重点地跑几户，剩下的，交给各村，让村干部给送去就行了。"

小林乡长略顿了一下，告诉老吴："你去办公室告诉陶主任，让他把吉普车给我留下。"随后，小林乡长去里间，换上了他春秋天爬山穿的耐克鞋。

第一站，是全乡最远的一个小村——连山湾村。

车上，小林乡长问老吴："连山湾村有多少户军烈属？多少四七年以前的老党员？"

按照县里的文件规定，只有四七年以前的老党员，才享受政府的津贴。本地是四八年解放的。

老吴翻了半天表格，只说连山湾村有多少户军烈属，对连山湾的五保户、老党员什么的，他一时间还拿不准。老吴跟小林乡长解释说："有些老党员、五保户，都七八十岁了，说不在就不在了。"老吴说，等会儿到了村部，再跟他们村干部具体核实一下。

小林乡长没有吱声，但，他对老吴模糊不清的数字，很不满意。

此刻，吉普车已左摇右晃地进入了山区小道，小林乡长紧抓住车前的扶手，瞪大了两眼，紧盯着前面白雪覆盖的一弯又一弯山路。等望到前面山嘴的拐弯处，站着一群人时，老吴指给小林乡长，说："村里的干部已经等在村头了。"

小林乡长的车子一出乡政府大院，办公室的陶主任，就给连山弯村打电话，让村里的干部们准备接待。

这会儿，村部的花生、瓜子什么的都准备好了。

按往年的常规，乡里下村来慰问的干部，到村部喝杯茶，剥几个花生、瓜子，有村里的锣鼓队引路，象征性地看望一两户能说会道的老党员。民政办的老吴，再跑前跑后地举起相机，“喀嚓喀嚓”地拍几张照片，就算是慰问到千家万户了。

可今年，小林乡长非要拿出名单，一家一家地慰问到户不行。

小林乡长说得也很有道理，他说他刚到本地工作，有些老革命、老党员，都没有拜访，趁这个机会，一家一户地走走。

哪知，他这一走，露馅了——表格上列出的连山湾村的18个老党员，有12个已经不在人世了，9个五保户，目前也只有两个。其中，有3个老党员，五年前就死了。

小林乡长冷冷地板着脸，看着村里的干部和民政办的老吴，问他们这是怎么回事。

老吴支支吾吾，说不出个子丑寅卯。

村支书看事已经败露，便把责任全揽过来。

支书说，他们保留了那些已故的老党员、五保户的名额，目的，就是想多领点抚恤金，以补贴村里的开支款。

说这话的时候，村支书自感心中有愧，没等小林乡长批评他，自个儿先把头低下了。

共勉的字幅

〇张国平

尽管消息很隐秘，赵多赴京任职前，屈可直还是知道了。

屈可直送来一幅字，出自当代最著名书法家之手。屈可直把字幅展开，露出“清心寡欲”四个大字。下面落款是：与赵多先生共勉。某年某月春。孟然。最下面留一枚印章“悠然老人”。

屈可直指着那枚印章说，这是孟老先生的号，自称悠然老人。

听说孟老先生是书法界的绝对权威？赵多虽对书法疏于研究，但多少也听说一点。

屈可直说，那当然，刚从书协主席的位置上退下来，现已封笔了。

封笔？赵多问，那怎么又写了字幅？

也就是你嘛，不然我也不会伯父伯父地求他。屈可直说，为了给你要这幅字，我算是把老爷子的面子都搬出来了。

屈可直说，当年孟老先生住牛棚挨批斗，要不是我家老爷子暗中保护，恐怕他早就没命了。屈可直说，生死之交，我拿老爷子的情面去求他，即便封笔也不便拒绝。

屈可直又说，孟老先生人称当代书圣，兼糅各路书法之众长，自创孟体，有柳体的瘦挺、颜体的严谨、欧体的洒脱和赵体的华润，堪称一绝。想求孟老先生一幅字，难哟。

谢谢，谢谢老同学。见屈可直眉飞色舞，赵多也装出很懂的样子说，嗯，的确大家风范。

赵多对书法讲不出多少道道儿，但那字的确遒劲洒脱，爽人心目。更何况“清心寡欲”这四个字太符合赵多此时的心情了。赵多即将担任资本市场管理的重要职位，要面对种种诱惑，太需要一种淡然处之的态度了。清心寡欲，正合赵多胃口。

屈可直说，俗话说三分字七分裱，请装裱大师裱出来，就更尽善尽美了。

装裱还有这么大学问？赵多很为难的样子。

还是我替你装裱吧。屈可直取笑赵多说，你脑子里全是趋势和数字，都快成书呆子了。

赵多说，那就由你代劳吧。

赵多赴京任职，正赶上股市大跌，国内CPI连续上涨，上市公司恶意融资，国外市场巨幅震荡，美国次贷危机，形势错综复杂。赵多夜以继日，晕头转向，把字幅装裱的事早忘得一干二净。

两个月后屈可直才把装裱好的字幅拿过来，专门送到北京。赵多问，怎么才装裱出来？屈可直说，你以为装裱很简单？这是孟老先生封笔后的作品，千金难得啊，装裱当然慎之又慎了。

赵多跟屈可直是光屁股的朋友，也没太客气，想请屈可直吃顿便饭，屈可直却推辞了，说，算了算了，不耽误你时间，你现在是忙人，还是腾出时间去处理大事情吧。

赵多把屈可直送出很远，深深感谢他的理解。

赵多端详墙上“清心寡欲”四个字，自言自语说，嗯，共勉，是要共勉。

在审批新报上市公司时，赵多突然发现一个熟悉的名字：闻键。赵多暗笑，多年不见，这小子居然成董事长了？

赵多再审资料，却发现闻键的公司诸多条件不符合上市要求，虽然违反纪律，但赵多还是想给闻键一个电话解释解释。毕竟同窗多年，赵多想闻键一定会理解的。

电话响了，是屈可直打来的。屈可直说，闻键你还记得吗？这小子干得不错，资产上亿元了，也在申请上市，不知你收到申请没？

赵多说，看到了，但不是很符合条件。

通融一下嘛。屈可直说，哪有一蹴而就的？公司高速增长，制度正在健全，慢慢完善嘛。屈可直说，他可是在经营一个朝阳项目，潜力很大，前景不可估量，这样的公司不支持上市还支持谁?!

嗯，我会按制度办的。赵多模棱两可地说，很为难。

赵多把事放了很久，也想了很久，决定还是当面跟闻键谈谈，让他逐步完善后再重新申请。

没等赵多联系闻键，闻键不请自来了。闻键望着墙上的那幅字，欷，好字，好字啊。闻键说，你听说了吗？孟老先生已经过世了，这幅字应该是老爷子的绝笔，升值空间大了。如果不是那几个“与赵多先生共勉”的字，我真想买下来。

闻键摇头，屈可直这小子真有能耐，老先生封笔了，居然还能弄到他的墨宝，太有才了。

赵多说，说说你公司的事吧，许多东西需要……

闻键忙递上厚厚一沓文件说，这是我们的完善方案，我们的机制建设已得到提高。

好，先放下，我阅读以后再给你答复。赵多很原则地说。赵多、屈可直和闻键大学同窗多年，一口否定太碍于情面。闻键临出门，低声说，屈可直也非常看好我们的项目，如果公司能如期上市，他准备注资投入，成为我们的股东之一。

哦，是这样。赵多没想到屈可直不仅仅是说情。送走闻键，赵多审阅文件，闻键的措施很得力，逐步靠拢了条件，属于松手可过，紧手可停的那种。赵多放下，想再深思一下。

有天应酬，上司指着一个文质彬彬的人介绍说，这位是文化界名人，孟一凡先生，已故书法泰斗孟老先生之子。赵多握手寒暄，幸会，幸会，我那里还有孟老先生墨宝呢。孟一凡问，哪年哪月的，赵多就说哪年哪月。哦？孟一凡欲言又止。

晚餐期间孟一凡借故坐到赵多身边，低声说，老爷子封笔之后再没写过一幅字。啊？赵多吃惊不小。

事后，赵多想问问屈可直那字究竟是怎么回事，拿起又放下，反复多次赵多终于没拨通电话。赵多再拿起闻键的申请报告，突然觉得沉甸甸的。

最佳演讲

〇周　波

经过紧锣密鼓的精心准备，由X县组织的“爱心”演讲比赛，终于在县体育馆登台亮相了。

偌大的体育馆内早已是高朋满座，静候比赛开始。

由于不是商业文艺演出，而是一场奉献爱心的演讲比赛，意义就显得不同寻常。为确保活动取得成功，组织方煞费苦心在现场作了精心装扮，琳琅满目的小彩旗，写满“爱心”的宣传资料在人群中飘来飘去。而所有参赛单位也对此项活动极为重视，为了能在比赛中得个好名次争个好名声，倾注了大量人力物力，从选手的服饰装扮到普通话水平，均作了最充分的准备。

根据赛程安排，此次演讲比赛将决出胜负，获第一名的选手将代表县里参加全省“爱心”演讲总决赛。随着比赛的正式开始，各参赛选手粉墨登场，施展开演讲绝技。正如大家所预料的，整台演讲比赛可谓精彩纷呈，直把“爱心”故事演绎得催人泪下。

比赛的时间一分一秒在过去，观众们发现原先被看好的几位参赛选手，在裁判亮分的瞬间，一个个被残酷地刷了下来。不过现场秩序井然，现场观众还是一个劲地在为参赛选手鼓掌加油。

比赛快接近了尾声，这时参赛选手只剩下两名，场内的紧张气氛也达到了顶点。

在大家一致以为18号选手将成为最后胜利者的时候，接着出场的19号选手却博得了满场喝彩，意外地得到了9.8的高分，一下子超过了前面所有的参赛选手。在19号选手满面春风地跳跃着走下台时，特意赶来为其捧场的朋友们和她尖叫着击掌庆贺。

不过比赛尚未结束，因为大家都知道，只有等全部演讲完了，比赛结果才能公布。

关键的最后一名选手上台了。

最后上场的是一位十七八岁的姑娘，两只蝴蝶结在她头上欢快地舞着。在她一瘸一拐走向演讲台时，观众们惊讶地发现她原来是个残疾人。原本喧闹的现场，由于她的出现瞬间变得鸦雀无声，人们目送着她美丽的身影一步一步地走向演讲台。

“今晚，我是代表全县残疾少年来参加演讲比赛的！”姑娘毫不怯场地向台下几千名观众鞠躬致礼。“我没准备什么演讲稿。如果一定要我说的话，只有感谢两个字！”姑娘又向台下深情地鞠躬。

她别开生面的开场白引得台下观众长久地鼓掌。

“我是来参加演讲的，可不是来凑热闹的。我带来了一个小朋友，他就是我今晚的演讲稿！”

姑娘的话让全场的观众屏住了呼吸。

“小柱子，快跟姐上台来。”她顺着台下的一个角落大声叫唤。

几千双眼睛顿时像被吸住了似的跟着她的声音移到一处，大家看见从台下的通道里快速跑上来一个小男孩。

“他叫小柱子，是咱县山区里的一个苦孩子。几年前的今天，我也像他一样穷困，是台下所有的好心人为我治好了腿病，还帮我找了一个工作。如今我已能自食其力了，所以我做梦都在想，要尽我所能让这些小弟弟小妹妹们也过上快乐、幸福的生活！今天我当着大家的面和他结成希望工程对子。我的演讲完了，谢谢大家！”

观众们望着姑娘和小男孩在台上泪流满面地紧紧拥抱，全场起立，响起了经久不息的掌声。

最后出场的她最终以满分获得全场最高分。

不让你为难

〇伍中正

我跟赵西海、烧杆、刘金才在王包头的工地上一个工日没丢就结了账出来，都赶着回家。

他们走前面，我走后面，我跟他们三个刚进车站，我的背后让巴掌重重地拍了一下，扭头一看，不是别人，是村里的言成，脸上还贴着笑。

言成是前年从村里出来的，每次回去，就在我们几个面前说城里的钱好赚，要我们出去一块儿挣钱养老婆；还说只要我们到了城里，接我们吃一顿。那时候，言成说得我们心里痒痒的。

言成说，拦住你们的目的是想在一起喝一次酒。

见了言成，赵西海说，喝了酒再走，反正天黑前回得了家。

烧杆说，反正，我老婆不晓得我回不回来，喝就喝。

只有刘金才急了，说，我那婆娘等着我，喝了酒就走。

我就对言成说，邀齐了，喝就喝去。

从车站出来，言成的脸，很好看地漾着笑。

言成就领我们到了一家餐馆，餐馆离车站不远。

言成就跟老板娘要了酒菜。

菜一一端上桌，每一个白白的盘子里盛着红红绿绿的菜，散发着香味儿，我在心里盘算了一下，这一桌下来，估计言成收拾不了。

我就说，言成，就这几个人，叫多了菜，反正吃不了，不要了。

言成不依，说，你这不是打我的脸嘛。言成的脸色就没了在车站时的好看，渐渐就没了笑。

言成又手一挥，对服务员大喊，再来两个菜，我的兄弟来了。

菜跟着又上了两个。

最先动筷子的是刘金才，刘金才说，反正，我不喝酒，就吃饭了，惹得烧杆跟赵西海笑。

言成站着开了酒，倒了四杯，然后说，我敬你们。

我看了一下言成的手，言成端酒的手在抖，我为言成捏了一把汗，言成怎么了？

每个人杯子里的酒，都干了，都干得爽快。

酒一下肚，言成就上了脸，脸上红红的，说话也变了调。

烧杆说，言成你喝得不少了。

言成手一扬，说，烧杆你小看我，是不是？我看见言成的手还在不停地抖。

刘金才在一旁哧哧地笑，笑完，专拣那些肥肥的肉吃。

眼看着，酒就要喝完了。

言成问，还喝不喝？我摇头，说，不喝了。

言成的头菜叶一样地伏在了桌上，接着，言成哭了起来。

这种场面，老板娘见得多了，看了我们两眼，就对着她的账单做着什么记号。

刘金才就慌了，赶紧说，言成你狗日的，接我们喝酒，还不买单，还在酒桌上哭，哭个鸟儿，哭也是你买，我还急着回去呢。

言成不哭了，嘴凑在我的耳边细声说，兄弟，我言成就靠你了。

我知道，言成从来是说到做到的，最近在城里肯定是为难了，不为难，他不会舍面子舍人地装哭。

我说，言成，不让你为难，单我们来买。

脸喝得红红的赵西海说，我也出一份。

烧杆说，我也吃了的，不做矮子，我也出，不就一顿酒饭钱嘛！

只有刘金才一只手插在衣袋里，按着王老板发给他的工钱，拿眼睛看着我，接着还打了一个饱嗝，手从袋里抽出了钱。

结账的时候，只有言成坐在桌边，不出声，脸上的颜色，渐渐地好看。

我很快就跟脸上是笑的老板娘结了账。

言成走在我的前面，歪着身子走了出来。

言成没有跟我们一起回家。言成手一招，就慢慢消失在街上。

我跟赵西海、烧杆、刘金才上了车，赵西海到底见识多，说，这一顿，每个人少做了三个工，回家了，统一口径，王老板他自己也亏了，少发了我们三个工的钱，不让言成为难。

我一笑，说，西海，还是你想得出。

回来，我们谁也没说言成的不是。

秧 歌

〇孟宪岐

村支书正猫在家里看新闻联播呢，村治保主任阴着脸进了家门。

治保主任说：二毛和六根打起来了，还报了派出所。

村支书急了，问：谁报的案？屁大点事儿就哄哄？

治保主任说：六根呗，挨打了，吃亏啦！

村支书忙说：你赶紧往派出所打电话，就说这事咱们自己解决了。我去找六根，好好教训教训他！治保主任前脚刚走，村支书也就出了门。村支书来到六根家。六根爸也正看电视。

六根爸说：老三呐，坐吧，我也刚说完六根，净给你添乱。

六根爸喊：六根，你三叔来啦！

六根从里屋出来，对村支书说：三叔，我错了，不应该报警。

村支书问：为啥打架？

六根低着头说：二毛欠我5块钱，不给我，我找他要，他就急眼。村支书又问：啥钱呐？

六根嗫嚅说：打麻将欠的。村支书冷笑了一下，恨恨地说：就这点出息！村支书随后高声说：以后，你不准再去玩，再玩，罚死你！

村支书说完，朝六根爸看了看，说话的语气仍然硬：二哥，自己的孩子自己管着点儿，省得惹事！六根爸小声说：没啥事儿，老老实实在家待着，别一天到晚东游西逛的！

村支书从二哥家出来，就去找二毛。

二毛爸说：听说他刚才和六根打起来了，这小子他妈的也太不成器了！喝酒，抽烟，打麻将，还打架，我也是一点办法没有。村支书说：子不教，父之过。你得调教调教他，要不，咱村的“文明村”就得毁在他手里！

二毛爸叹了一口气说：咳，你说，现在这些年轻人，晚上闲得慌，没事干，多时给他们找点营生做，就好了。

村支书往回走时，他还在想着二毛爸的话，给孩子们找点啥事做呢？

村支书到家时，已经是九点多钟了。

老婆正出神地盯着电视里那扭着的大秧歌呢！

村支书突然问老婆：咳，你还会扭那大秧歌吗？

老婆说：那谁还不会扭？想当年，我可是全村扭得最漂亮的一个！

村支书眼睛一亮，问：如果咱村天天晚上扭一会儿大秧歌，你想，会有人参加吗？

老婆就乐了。老婆说：肯定有！大姑娘，小媳妇，小伙子，谁不愿意扭几下？说不定还能互相交流搞对象呢！

村支书猛地抱住老婆狠狠亲了一口说：真有你的！没成想，你为咱村解决了一个大问题！明天晚上，你就先到广场扭一扭，我负责敲鼓打锣吹喇叭！

小村虽不大，但人才是有的，村支书召集村班子专门开了会，买了鼓、锣、喇叭，还买了几十米的红绸子，让二毛打鼓，让六根敲锣，村支书亲自吹喇叭。村支书当年在部队就是司号员，军号吹得嘀嘀哒哒响，拿过喇叭试一试，不到俩小时呢，就能吹得有鼻子有眼啦。

这天晚上，在村广场上，村支书指挥大家把家伙式操起来，咚咚当当，呜呜拉拉，不一会儿，就聚了一大堆人。

村支书的老婆把大红的绸子飘带往腰上一扎，随着锣鼓点儿，欢快地扭起来。大家看着她那浑圆的屁股一左一右地扭，看着她那肥嘟嘟的大胸脯上下一颤一颤的，不由得心里都痒痒着。就有几个男人围着村支书老婆转着扭起来，开始是三三两两，后来，就是三十，五十。

看着那热闹的场面，把村支书乐得屁颠屁颠的，那喇叭吹得分外响亮！

让村支书始料不及的是，小村的秧歌扭出了名，乡里把县电视台的记者请来了，大家看着那摄像机扭得更来劲。

那天晚上县电视节目里播出了小村扭秧歌的新闻，村支书看见他老婆在电视上挺漂亮的，就在老婆那翘翘的屁股上拧了一把，说：嘿嘿，你闹得真不赖，把屁股都快扭成两半儿啦！

老婆哈哈大笑说：不扭也是两半儿的！

到年底，六根把村里扭得最好的兰花扭到了怀里，二毛却把村支书的老闺女秋月扭到了手。村支书呢，去乡里把“文明村”的金匾也扭回来了。

纸扎的绝唱

○何　晓

古城的艳阳天全是从迷雾里剥出来的呢。

小凤仙说这话的时候，正抱着阎从鹤，想让他躺进滑竿上的竹椅子里。

雾是随嘉陵江来的，我在江边喊嗓子的时候亲眼见过。天还没大亮，眼见着光麻麻的水面突然就有雾了，像是天上的云落在上游顺水给冲下来的。没等人回过神，雾就上了岸，把什么都吞了。

小凤仙轻声说着，也不管阎从鹤是不是在听。阎从鹤年轻时候可高大了，她爹扎的龙，历来都是阎从鹤舞龙头。现在，阎从鹤的年龄比爹当年大多了，人老了，还病着，四方的阔脸只剩下两根拇指宽，身子骨轻得让她这个老太太都能一把抱起来。

雾来得快，散得也快，你看、你看，刚才还看不清我们的幌子呢，现在连中天楼的顶子都出来了。

小凤仙把阎从鹤放进椅子，又从屋里拿出一床薄薄的棉被给阎从鹤盖上。盖好了，她起身退后几步看看，问，好不好？阎从鹤没有回答。她近前来把被子往下拉了拉，把阎从鹤的双手放到被子外面，捋着阎从鹤的衣袖说，这样才好，这样才好。

她刚收拾停当，门外就响起"啪嗒、啪嗒"的脚步声。小凤仙凑在阎从鹤耳边说，你这几个月做的，不就是想让他们知道啥才是真正的纸扎吗？我把他们请来了。

随即听到门外巷子里有人说，这幌子，粘了雾气，湿漉漉的。

小凤仙对阎从鹤笑笑，也不急着去开门。她晓得这幌子为啥总被人惦记：古城里同样是卖花圈的店铺，别人门前都只用白色粉笔在门板上写两个字“花圈”，唯有他们阎家挂着这个“纸扎”的幌子。

果然门外的人你一言我一语地搭讪道：

一个糊花圈的，咋能挂这幌子？挂了这多年，还不是和我们一样？

按老规矩，扎过四条神龙的人，才配挂这个。可现在谁还扎龙？再等几年，要是花圈也像龙一样用机器生产，我们就会跟走街串巷的货郎一样，消失了。

老阎已经有三个多月没有开门做生意了吧？咋的了？只见他买原料回去，没见他卖什么出来，他不会是在给自已糊花圈吧？

小凤仙的脸色倏地变了，气呼呼地一甩手，迈着小碎步穿过天井、绕过照壁，三五两下把大门扒拉开。门外的人大都是她爹的徒子徒孙，看到她的样子，揣着明白当糊涂，像没发生什么事似的，忙打招呼。这个说，半年前见过他们二老去城南听川剧，那个说上个月见过他们在城西校场坝隔着栅栏看风景、还有人说好几次在城东市场碰见他们买篾条和纸。小凤仙站在门槛里看着他们，像从舞台上看观众。她是个在人前永不卸妆的花旦：头发已经是珍珠色了，却还绾成一个蓬松的高髻，颤颤悠悠的，看着随时要散却又总不变形；两边的腮帮子拓下来，脸上已经有三个下巴了，却还描着眉、抹着粉、涂着口红；身子已经干瘪得分不出前后了，却还穿一件湖蓝色花皱缎夹袍，而且熨得平平展展。

人们在哄闹中进了阎家院子，但进进出出间，合璧井巷却彻底肃静了，一支五十多年来古城人从没有见过的队伍，悄然走出了阎家院子。

最先出来的是一条青龙：眼睑时开时合，拳头大的龙眼圆睁着射出穿透氤氲的光芒；细而曲的龙须一上一下地晃动，像平静湖面下遭遇了暗流的水草；青色的鳞甲、金色的边因为细致的手工，厚重得让人感到它就是一条龙，一条该在水里、地上、天空中自由往来的龙。青龙的头转过合璧井巷了，尾巴才出阎家的大门，随后依次跟着黄龙、白龙和墨龙。举龙的人小心地握着每节龙身下面的木棒，从合璧井巷穿过学道街、北街、中天楼、西街，出了城沿滨江路走向城西的校场坝。远远看去，龙蜿蜒在曲里拐弯的街道里，就像是自己游走在古城凹凸不平的青石板上。

龙后面是一乘两个人抬着的滑竿，小凤仙拎了一个布口袋紧紧地跟在滑竿旁边，眼睛直盯着阎从鹤，只用余光看路。阎从鹤半躺在滑竿上的竹椅里，他修长的、青筋暴突的手，哆嗦着握紧了又松开，松开了又握紧。

龙出了古城，沿滨江路缓缓地往前移动。从城里到城外一路都有人跟来，队伍便越来越大，还没到目的地，就已经浩荡如滨江路旁的嘉陵江了。冲破越来越虚的雾，一江秋水喘息着，真切地看到龙进了校场坝，首尾相接，盘成螺旋状。

举龙的人从校场坝里退出来后，小凤仙握了握阎从鹤放在薄被子上的双手，起身走进校场坝，站到盘着的龙中间，从口袋里取出一根火把，点燃，画了一道弧线——四条龙几乎同时燃烧起来！

一阵惊叫声如炸雷在嘉陵江边响起。雾散了。火光中，有人看到阎从鹤的手正慢慢地从薄薄的棉被上滑下去……

丁香的另种生活

〇徐国平

今年元旦，昔日的一帮工友搞了个聚会。

不知谁说了句咋没见丁香啊，丁香就风风火火地闯进来。那帮穷工友呼啦围住，好话没说一句，就胡天荤地开起了玩笑，瞧瞧咱丁姐，现在可是在浪头上啊，那小模样保养得依旧倾倒一片啊。丁香开腔就骂，闭上你们的臭嘴，断了你们这么些年的奶，还是没大没小，没出息。众人顿时捧腹大笑。

说句真心话，女人四十豆腐渣，可从丁香脸上一点儿也看不出。想必她现在的生活一定过得很滋润。

丁香是在十年前一个暮春的早晨，像一道绚丽的霞光冷不丁地照进了我们死气沉沉的饲料厂。当时我们这些清一色的光棍眼前都为之一亮。丁香不仅人长得俏丽打扮也很出众，留一头长发，工作时扎成高高的马尾，下班后自然披在肩头任其飘飘然，就跟画里的港星一样，惹得我们都想入非非，纷纷猜测她凭这么好的容貌，为何到这儿来吃苦受罪，浪费资源。我们更多的是关心她有无男友，个个跃跃欲试，像一群蜜蜂嗡嗡地围着她这朵芬芳的花朵转。

很快我们就失望了。消息灵通的车间胡主任私下散布，丁香早已名花有主，原先在粮食局工作，因在生活作风上出了一点儿问题，才被下放到饲料厂。胡主任还色迷迷地说，那小娘们很浪，你们可千万别让她给缠上。我们不信，说还不是那些官们偷吃不到葡萄才放屁说葡萄是酸的。

接下来发生的事果然证实了我们的判断。那是个周六的下午，丁香被郎厂长叫进办公室，说准备选派她去市里学习。当时大伙都揪着心，郎厂长这家伙可是个名副其实的大色狼，先前伙房里几个女临时工都被他玩弄后打发走了，当然也有沾光的，加工车间的小吴和小高狗屁不是，可自跟他睡过后就被提拔成会计和技术员。我们知道他不怀好意，嘴上咬牙切齿地骂着，心里更为丁香担忧。只是丁香很快就一脸怒色地冲出来，随后郎厂长捂着冒血的脑袋狼狈地跑出来，哭爹叫娘地喊来司机去了医院。我们忙围着丁香问发生了什么事情，丁香愤愤地说，想打老娘的歪主意，他瞎了狗眼。老娘就是找个相好的，也轮不到他这号的。随后，又解恨地说自己搬起办公桌上的花盆砸在了那家伙的头上。我们都为之欢呼，齐喊丁大侠。

只是丁香立竿见影地被分到最脏最累的加工车间，好在她丝毫没屈服。我们有了更多接近的机会，自然都争着怜香惜玉。起初大家还不敢放肆，慢慢地，大家变得无所顾忌了，动手动脚的，丁香也不羞恼，相反闹得更野。我们疯了些时日，才知道丁香其实是个很不幸的女人，她男友原先在钢厂开塔吊，去年两人结婚刚度完蜜月，男友就突然因一场车祸瘫痪在床，生活不能自理，还要大笔大笔地花钱吃药。不知她的日子是怎么过的。车间里的小胡说话不着边，有次跟丁香开玩笑，说她守着个不能用的废物，还不如趁早蹬了换新的。丁香头一次在我们面前翻了脸，拿着根包针就骂咧咧地朝小胡捅去，吓得小胡满车间里乱窜，连声讨饶，最后，丁香扔掉包针，很伤心地落起了泪。我们想方设法也没哄她开心。丁香下班时只对我摇头叹息着说了一句话，我若是裤带一松，早不知换过多少男人了，更不至于在这个破地方天天一身臭汗，可你大姐觉得那样肮脏……

我们渐渐老实起来，张口喊起丁香大姐，并时常帮她家干些力气活。她也真有个大姐样，不停地给我们织毛衣毛裤和围巾手套。后来又蹿东跑西，用心良苦地穿针引线，一个个又将我们这些光棍拉出苦海，过上幸福的小生活。

饲料厂后来破产，丁香跟我们一同下岗。各奔东西时，她咧着嗓门说，大伙好好干，甭当孬种。很快她开了一家时装店，铺面不大。

接下来，丁香又无师自通地喜欢上交谊舞，经常见她满面春风地推着老公早早来到舞场。她尽情开心跳着，舞姿很美，招惹得许多舞迷都跟她学，她老公在一旁总是笑眯眯地瞧着。我跟爱人去过舞场几次，曾跟她老公开玩笑，就不怕大姐跟别人跑了，她老公总是坦然地笑着说，腿长在人身上，拦是拦不住的。或许因丁香的这种爱好，几次见面，她的身材越发小巧玲珑，仍然跟十七八岁的小女孩相仿。或许因为丁香在用自己给时装做模特，越来越爱着装打扮，周围的人都说她今天穿了什么样的衣服，头发又整了什么发型，眼里透着羡慕和嫉妒的光。

最近听人说丁香还傍上了个大款，50来岁，是南方人。几次看见丁香坐在他的轿车上，小鸟依人的样子，来来去去从不避讳人。这样的感情必定不同于一般。我猜想她肯定在这个充满诱惑的社会也学会浪打浪了……

宴后，朋友们在欢快的舞曲中翩翩起舞着。我思虑再三还是试探着问起刚下舞场歇息的丁香，有无此事？她没置否，只是无奈地说，现在人啊，闲着没事就爱嚼舌头根。她顿了片刻，喝了口饮料后，向我道出实情。你知道你大哥对我的感情有多深，当初我游泳溺水，岸上数人袖手旁观，只有你大哥跳下来救我，我便铁了心跟他结婚。后来我俩旅游又遇上车祸，你大哥舍身推开我，自己却残废了。这事，你大哥一直不让我告诉别人。我知道这一生欠他太多了，可我也有自己的生活啊，尽管别人这样那样地说我，我始终把握一点就是要对得起你大哥。最后，她又告诉我那个南方老板只不过是她的供货商，他很敬重她一家，时常来她店铺帮着筹划销路。

我直到现在才真正明白丁香竟是这么对待感情和生活的女人。辞别时，我们各自都由衷地攥了一下丁香的手，共同留下一句话，大姐，好好生活啊！她还是那嗓门，说，大家都要好好活出自己的味儿来。

紫荆花开了吗？

〇李冰泪

那是去年的盛夏，我途经英国一个小镇，住在一家古老的旅店。

中午，我在旅店大堂打盹儿，当我醒来的时候，面前坐着一对华人夫妇，娇小的妇人挽着男人的手臂，而男人则用一双和善的眼睛瞅着我，用生疏的国语对我说："你终于醒了？"人在他乡，听到这么亲切的问候，我倍感亲切，便与他交谈起来。

我告诉他，我来自中国香港。他按捺不住兴奋，轻拍着妇人的手。妇人用复杂的表情盯着我看了好一会儿，开口第一句话便问我："紫荆花开了吗？"

"还没有呢！"

她又再次问我："紫荆花开了吗？"

我以为她没听清楚，便说："紫荆花是在每年的 11 月至次年 2 月开花的，现在还没有开呢！"

她紧张地抓着男人的手臂，带着疑问看着他。

男人安抚着她："我们慢慢来。"

男人与我聊了一些其他的事情。很快天黑了下来，他站起来说："我妻子非常想知道香港的近况，不知你能否到我家住几天呢？"

我见他们如此热情，便愉快地答应了。

走近他们的大宅，门前种着几棵紫荆树，这让我感到非常惊讶。

用过丰盛的晚餐，男人将妻子送进房里休息，我看见妇人依赖地靠在丈夫的手臂上，就像一个还不太懂事的小孩儿。

男人引我走到客房，我站在窗边，看着紫荆树的枝叶在风中摇摆。男人开口说话了："事实上，我不得不告诉你，三十多年前，我们还在香港生活，当时英国人在香港很嚣张。有一次，我的夫人与她姐姐走在街上，英国人的车横冲直撞开过来，我的夫人险些被他们撞倒，而她回过头来，才发现姐姐为了推开她，已经倒在了车轮底下。从那以后，她的精神就有了些问题。"

"后来，你们没有去告他们?"

"告是没用的，妻子当时已经神志不清，我也顾不了那么多。我知道她恨英国人，但我依然选择了这个地方，因为这里有世界上最好的医疗技术与休养条件，更重要的是，我想让她在英国人生活的地方重新走出那片阴影。"

"这么多年，你们没有回过香港吗?"

"有啊，我特别记得1997年前，听到香港要回归，并且用紫荆花做区花，她的精神好过一段时间。我和她去年回到香港，那里的变化太大了，我们就像到了一座陌生的城市。"男人感叹地说。

"确实，香港在回归后，简直可以说发生了日新月异的变化。"

"之后，她就经常问我紫荆花开了吗？我不知道该怎么回答，便在门前种了几棵紫荆树，让她可以看到花开。"

"她肯定非常想念香港。"

"所以一听说有香港客人，我们马上就来找你。如果可以，我希望您和她多聊聊香港，也许这样对她的病情好转会有帮助。"

我们聊了一会儿，男人走了出去。

这一夜，紫荆树叶沙沙作响。

第二天清晨，他们夫妇俩早早就准备好早餐，我们一边吃早餐，一边聊天。

“亲爱的夫人，您知道香港回归祖国以后，有些什么变化吗?”

妇人摇了摇头。

“香港的大街上，简体字招牌日益增多，有些很破旧的建筑相继被拆除了，香港市民已经惊觉，当地的英国殖民地色彩，正在一点一滴地消逝。”

我的话题吸引了她，男人将手悄悄地离开了她的臂弯，她丝毫没有察觉，依然一脸欣喜地听我说下去。

“两年前，香港邮政宣布改变形象，以绿色作为邮筒的主色，香港的邮筒也算是回归祖国了。”

说到这儿，她开始紧张，头突然剧烈疼痛起来，满脸通红。

男人慌忙拨打医院的电话……

妇人在医院里躺了几天，精神恢复得格外好。我们陪伴她从医院里走出来那一刻，她像只会飞的小鸟。

可是万万没有想到，三十多年前的悲剧竟然重新上演：妇人被一辆急驰而过的英国汽车撞倒，倒在了血泊中……

男人非常悲痛，一场谁也无法预料的意外夺走了妻子的生命，但他没有流泪，因为他的妻子走出了心灵的阴影。

这一次，她是为了挽救一名英国小女孩。

回香港后，只要看到五星红旗飘扬的地方，旁边就会伴有香港区旗那纯洁的紫荆花瓣，我总会回想起她问我的话：紫荆花开了吗?

扶 贫

○曹隆鑫

我们争取到了一个扶贫对象，是在深山沟里的。

我问科长，今年我们给扶贫对象发多少钱。科长想了想，说，我们下去一趟。

科长这些天老喊身子不适，说医生让他多吸点新鲜空气。这城市里，哪有什么新鲜空气。我们常听见科长对着偌大的一张地图自言自语。

我说科长那么远的路下去扶贫也要考虑自己的身子啊，你让我们下去好了。

科长不容置疑，说你给村主任打个电话，又说你喊上老赵老王我们都下去走走。

我说贾记者和我是铁杆哥儿们，喊上他吧。

科长说行啊，科长说行的时候，那眼睛对我刮目相看，我的双脚都差点轻飘飘离地了。

贾记者本来是没有空的，我说深山沟那边野味多着呢，贾记者这才答应了我。老赵老王听说科长要带他们去深山沟扶贫，连说科长英明，人情味儿浓，简直是扶贫对象的福音。听说我喊上贾记者，都觉得有些遗憾，贾记者是报社的，不是电视台的。

一行人轰轰烈烈开进了深山沟。

深山沟的空气真新鲜啊。鼻孔嫌小干脆动用嘴巴，大口大口地吸，狼吞虎咽的样子。

贾记者掏出相机“咔嚓咔嚓”不停地“吃”风景。

真美啊，简直是神仙住的地方。我们大家情不自禁异口同声地欢呼。

村主任在一边嘿嘿地笑。很黑很瘦的脸，嘴里的门牙都掉了。

科长喜欢开玩笑，科长指着村主任的嘴，说，到底是深山沟的野味，骨头都硬着呢！

老赵老王说，我们科长来扶贫前还打了点滴呢，主任啊，你可不要留一手啊！

村主任呵呵地笑。

贾记者一摁相机，村主任傻傻地吓了一跳。

我说，这可是报社大名鼎鼎的记者，瞧，你都要上报了！

村主任急得乱摇手，说错了错了，你们的扶贫对象还在山那边呢。

不急不急。我们哈哈大笑。

山那边只有一条小路，车子开不进，走过去要一个多小时呢。

村部让给了学生上课，学生们的教室塌了一半。

村主任说，上我家吃了饭再走，我家婆娘都在等着你们呢。

村主任的家离这儿还有一段路，也是车子开不进去。

科长说，往后啊我替你想想办法，要想富先修路，这路车子开不进去可不行啊！

村主任惊喜的样子，恨不得转过身握一握科长的手。

科长说走，走。

一行人高兴地走着。

突然看见一头老牛卧在一片坡地上，老牛的身边，散落着两三只洁白的鸟，有一只鸟儿迈着绅士一样的步子，在老牛的背上悠闲地踱来踱去。

科长说，这些鸟真漂亮，一身的雪白。

村主任说，那是白鹭。

贾记者一摁相机快门。

老赵说，这些白鹭胆子真够大的，这么大的一头牛都不觉得害怕。

老王说，我慢慢地走过去，说不定一伸手就捉住了它们。

科长说，别动，我来。

科长身先士卒，小心翼翼地走过去。

科长走了十多步路，科长越走越兴奋，连那新鲜空气都忘了吸了，哪想那些漂亮的白鹭还没等科长亲近它们，就一下全飞走了。

老牛甩头“哞”的一声大叫。

科长尴尬地笑笑，说这些鸟儿真够精明的。

老赵说，忘了带一管猎枪来了。

老王说，味道一定不错。

村主任笑笑，我们从没吃过。

傻啊！

心底下得出结论，这便是穷的根源。

那是三间很普通的瓦房，走近了，还没闻到野味的扑鼻之香。

科长扯了扯我的袖子，科长低声问我，打过招呼了吗？

我说科长放心，都答应了的。

可是开饭了，这是什么跟什么啊，能下咽吗？

科长看我的眼睛，仿佛我就是餐桌上的野味。

我们回来的时候，老赵老王愤愤地说，不开窍，难怪越扶越贫。我大气不敢喘一口。

很难熬地在科长手下熬了一个月，一个月后，科长找我。

科长拍着我的肩说，不错，好好干！

我听得胆战心惊，心想科长是不是要一脚踢开我啦？

叫上贾记者，科长说，晚上我们去皇冠大酒店吃野味去。

真是多亏了贾记者！

他的新闻稿《带病下深山扶贫，饭不吃一口见真情》不仅见了报，还被评为好新闻一等奖。

年底，科长被评为扶贫先进个人，我的奖金也厚了一个台阶。

给你一个飞翔的理由

〇张祖文

我和同事旺堆一起下了车，站在车下的草地上。

我们警惕地望着前方，感觉空气有点凝固，心跳也加速，手中的枪被我牢牢地抓紧，掌心流出了涔涔的汗。

面前的草原一望无际，天的颜色与草地的颜色融为一体，一群藏羚羊在不远处的一个小水池边悠闲地吃草、喝水。

我向旺堆递了一个眼色，他便又上车，将车开向远处的一个山丘后面。回来后，我们卧倒在了草地上，身影基本上全掩在了草丛中。

时间过了很久，大多数的藏羚羊都卧在了草地上休息，仿佛一个大家庭般温馨、祥和，一只老藏羚羊正在一只小藏羚羊身上舔舐着，小藏羚羊静静地躺着，享受着和熙的阳光和温柔的母爱。

我挪了挪手中的枪。一只长着两个长耳朵的兔鼠从我的身上跃过。

突然，远方的视线中，又出现了一辆车。车在老远的地方停了下来。

几分钟后，几个身如豆点的人影下了车并慢慢地向我们的方向接近。一会儿，这群人的身影就越来越大，我清楚地看到，他们每个人的手里，都拿着武器。一个满脸络腮胡的大汉端着一支猎枪走在前面，一看就是带头人。

我的内心倏地收紧。看来，情报没错！我将对讲机拿过，轻轻地说，旺堆，看到没有？

旺堆马上回答，看到了，好几个人呢！

我说，注意，他们一接近，我们就立刻鸣枪，千万要抢在他们动手之前！

好的。旺堆说。

一步步，一步步，那伙人小心翼翼地向着小水池边靠近，快接近了，他们干脆俯在草地上，匍匐前进。

一会儿，前面的草丛不见了动静。

根据经验，我知道，他们已经瞄准了目标！

我扣动了扳机！

“砰——”地一声，一声轻啸滑过水面，水池边立即乱了起来。

所有的藏羚羊都如条件反射般地一下就蹦了起来。

紧接着，我喊，警察！

按以往类似的情形，只要我一喊出了“警察”两字，那些盗猎者就会马上如惊弓之鸟，作鸟兽散。

但这一次却不同，几乎是在我喊出“警察”两个字的同时，水池边突然枪声大作。我知道，这是一伙歹徒！

顷刻间，我看到几只还没有来得及跑出歹徒射程的藏羚羊就如坍塌的泥墙一样，倒了下去。

我立即向着歹徒们藏身的地方猛烈射击！旺堆的枪也同时响了起来。

歹徒们可能没想到突然之间会有这么猛烈的回击，加之他们所用的毕竟是猎枪，火力有限，而且不知道我们这边的虚实，几分钟后，我就发现有一个歹徒跟跄着向远处的汽车跑去，紧接着，另外的几个歹徒也跟着跑去。

枪声暂时停了下来。

我追了上去。经过水池边时，看见一只还没有断气的藏羚羊正在拼命地移动着身体。

它的全身上下都被鲜血浸染，一条腿上被猎枪的弹药击出了一个大大的孔，正在“咕咕”地流着血。我很心痛，忙俯下身，撕下自己的一只袖管，麻利地给它做了简单的包扎。

我站起来，却发现那伙歹徒又折回了身！我明白，他们肯定是发现我们人少，所以有点有恃无恐。

我愤怒到了极点，再次拼命地扣动了扳机。

突然，我感觉自己的一只手臂麻了一下。

歹徒似乎没料到我们会这么顽强，一时间竟有点手忙脚乱。两分钟后，他们已经确定占不到什么便宜，便又向着车子靠近。一会儿，有好几个人都上了车。然后，发动车子，急速向远处逃去。

我和旺堆转身，一看，竟有三只藏羚羊倒在了血泊之中，两只藏羚羊受重伤。

我对旺堆说，快，把车开过来！

车过来了，我和旺堆连忙将受伤的藏羚羊抬上了车。

刚发动车子，就听到了一个微弱的声音，救救我，救救我。

我看到不远处的草丛中，一个满脸络腮胡的人躺在那里，腿上明显中弹了。

我下车，看到了他无助的眼神。我挥舞着自己的伤臂，跑了过去。

后来在医院里，有人对我说，他最初认为我们不会救他，没想到我们不仅救了他还送他到了这里，所以，他感激我们。我说，没什么，其实保护藏羚羊的最终目的，也是为了保护我们人类自己。所以，救他也是理所当然的。他听了，久久不语。

两年后，我们可可西里保护藏羚羊巡视组，又多了一名义务工作人员。他就是那天我和旺堆救起的那个伤员。

从此，他就和我们一起生活在了草原上，飞翔在了可可西里。而飞翔的理由，则是他在感受草原上的生命气息时，大自然赋予他的。

李县长

〇曾　平

去水城出差，朋友非要招待一通。

我这人命贱，大鱼大肉消受不起。再说，也不想让朋友太破费。我刚把意思表达，朋友哈哈大笑，说他一个码文字的，哪有本钱大吃大喝。朋友说，吃李县长。

我有些不高兴，朋友你不请我就算了，随便吃点也可以理解，干嘛吃人家李县长呢？朋友中不乏其人，请客，不想掏钱，就找一个老板或官员来做钱包。这样的饭局让人很不舒服。我断然地拒绝朋友去吃什么李县长。

朋友又是哈哈大笑，一边拉我上车，一边说，到了就知道了，吃了就知道了。

分明是一个卖羊肉汤锅的去处。一股说不清道不明的浓香弥漫在空气里，诱得人使着劲地吞咽起唾沫。朋友看我的样子，得意地说，吃了你就知道了。

店堂整洁干净。说食客如云一点也不过分，这一批客人刚刚离席，那一拨客人就紧跟着坐上来了。朋友说，要不是预定了座位，根本吃不上。

我倒坦然起来。这架势，就是大排档的水平。

滚烫的羊肉汤锅立马端送上来。朋友热情地张罗着要我吃好。

吃了一阵子，也没见李县长出现。禁不住，疑问起来。

朋友再次哈哈大笑，说，现在吃的就是李县长啊！

我更加纳闷，猜想这水城的县大老爷不知干了多少害人勾当，竟被大家当成羊肉汤锅大吃起来。

朋友连连摇头，说随便到大街小巷上问问，谈起李县长，哪个不说是好官呢！朋友灌了一口酒，叹着气，说，我们李县长，就是运气不好，要不然，当市长了。朋友就给我说李县长的好处，修了哪几条街，引了哪几家企业，这几家企业缴多少税，解决了多少人就业。前几年，水城半年发不出工资，现在，还把水泥路往乡下修呢。朋友俨然组织部长的样子，说，这样的干部该不该当市长？

偏偏朋友他们把这样的好干部当羊肉汤锅吃起来。

喝着酒的朋友又是哈哈大笑，说，大家吃他，是看得起他！一桌子的水城朋友都说，就是！就是！朋友又说，不信，你出去问，保证他们也说是。

正说得我云里雾里，一个浓眉阔脸的壮汉推门进来给大家打招呼，挨着敬烟。朋友们纷纷站起让座，高叫着李县长好！看那热乎样，那个李县长，哪有一点县长的样子。

李县长连连招呼大家吃好喝好，要大家不要这样叫了，早不是大家的县长了。

一桌子的水城朋友竟不依不饶，嚷着要灌李县长的酒。李县长也不客气，端起酒杯竟从我开始发起“点球”。

几大杯白酒喝下来，才知道李县长确实是水城的县长。但李县长现在不是水城的县长，三年前是。现在他是这家羊肉汤锅店的主人。三年前，水城发生了一起特大事故，李县长的职务就撸下来了。撤李县长那天，县政府黑压压的来了上万群众，给上面的领导求情，要保下他们的李县长，纪律面前，哪里保得下？还是李县长哭着给群众做工作，群众才撤离了县政府。据说，那天，李县长只反复哭着说了一句话。李县长说，我这顶官帽子，和那些人命比，算个啥啊！

朋友一边喝着酒，一边替李县长鸣不平。喝高了的朋友说，关李县长好多事啊，他管，管得过来？

倒是李县长劝起朋友。李县长说，感谢大家照顾，不说了，不说了，想想那五十多条人命，县长那顶官帽子，算个啥啊！

很快，李县长又忙着去别处张罗了。

李县长经营的羊肉汤锅已经成了水城的一道招牌。朋友得意洋洋地告诉我，到了水城，不吃李县长，就不算到了水城。

雪下得那么深

〇江　薛

回家喽！

是啊，春节马上就要到了，春节一到，家就近了。年轻的小伙子姑娘们，都扬起最温暖的笑脸，心里满是兴奋和激动，真是比发工资那几天还满足。

这是2007年的深冬，一个非同寻常的冬天。

坐在工位上的永海，眼神痴迷，动作僵硬。车间里，五湖四海来的兄弟姐妹，而今心里全装着一件东西——家。有些人兴致高昂，热烈地讨论家乡的风土人情，有些人跟永海一样，手里干着活儿，思想早神游到了家里。

同欢河到了中游，河水欢快地扭起腰来，这方土地就被扭得平坦肥沃。到了村尾，扭够了的河水一个转身，向北而去。河水北去的拐角处，站着几棵满怀的老柳，柳树下，有一个红砖青瓦绿栅栏的院子。这个院子便是永海的家。慈祥勤劳的父母，温顺而勇敢的小黄狗旺财，贪吃的大肥猪，有着粗壮尖角的大水牛，一切是那样亲切而鲜活。家的味道，让永海的嘴角绽出了笑意。

笑意还在继续，对面工位忽然传来啊的一声，紧接着，一个什么东西飞到了永海的面前。来不及闪躲，永海本能地用手挡了上去。飞过来的是一张锋利的锯片。只是那么一瞬，永海结实的大拇指成了牺牲品，与手相连的只剩薄薄的一层皮，鲜血像烟花一样喷出来。车间陡然静下来，然后一阵忙乱，永海觉得有些眩晕的时候，听到了急救车的声音。

手术。住院。

麻醉醒来的手指传来钻心的痛。更让永海揪心的是，这个样子是万万不能回去了，回去了爸妈不定会伤心成什么样。但问题是早就跟他们说好一定回家的，现在，这谎要怎么撒呢？来看永海的工友都帮忙想，可谁也没想出个法子。

这天，焦躁的永海打开工友为他解闷买来的报纸，一条新闻让他激动起来——湖南冰灾严重，高速封路，铁路断电。好，就找这个借口，永海赶紧去摸手机，手机却正在这时响起来。

一个陌生的号码，电话那头却是永海爸。

“爸，家里换号码了？”

“没在家呢——我在外面！”

“做什么？”

“——办年货，我正在县城办年货！小海，爸跟你说个事。”

“我也有事跟你和妈说，正准备往家打电话呢！”

“哦，那你先说。”

“爸，你看新闻了没，今年的冰灾越来越严重，高速路铁路都不能跑了，我，我怕是回不去了。”

“嗯——”

“对不起啊爸，跟妈说，明年，明年我一定回！”

“嗯——”

“爸，不是有事跟我说吗？”

“对对——没事没事，就是问问你还好不好。回不了家，一个人在外别挂念家里，过年了别不舍得花钱，买两件新衣服，吃好点，听到了？还有，家里电话坏了，别往家里打电话，我打给你，啊？”

“嗯!”永海重重地点点头，眼里再也藏不住滚烫的泪水。

永海爸搁下电话，满意地笑了笑，跟着望一眼满天飞舞的雪花，重重地叹了口气——儿啊，爸就是不想让你回来啊!

铁路恢复通电，高速路上有无坚不摧的解放军破冰铲雪。早就订好票的工友们，虽走得有些艰难，但大部分仍然安全踏上了回家的路。

永海躺在床上，每天最重要的便是捧着报纸看新闻。十几个省受灾，其中重灾区便是永海的家乡。这场雪灾考验着整个中国。最令永海着急的是，家乡的那个市已经连续两天上了报纸，说是灾情严重，可无数次拨回家的电话，都没有回应。

永海只要一闭眼，便是漫天白雪。

今天已是除夕，惦记着家里的永海怎么也高兴不起来。报纸上再一次看到家乡的名字，让他头一回品尝到了什么叫煎熬。能做些什么呢？永海只有把手机一直抓在手掌里，盼望来自家乡的声音。

悦耳的铃声，终于在这个时候响了。

是永海爸。

“爸，家里情况怎么样，报上说咱们那儿灾情严重啊!”

永海爸笑了笑，说：“就知道你担心。”

“快说啊，到底怎么样?”

“咱们一个市多大？一场雪能将整个市冻住？有些地方比较严重，我们这儿挺好的，雪是大了点，也没成灾。”

“是不是啊?”

“今天我上县城补点年货，知道你担心，专门给你打的这个电话。你说是不是真的?”

永海松松气：“那就好，那就好!”

“你呢？过年新衣服买了没，准备怎么过啊?”

“新衣服买了，很多工友没回家，我们这里热闹得很呢!”

“那就好，那就好！”

挂电话的时候，永海是笑着的，永海爸也是笑着的。

好了。

永海爸转过身，抱住怀，望一眼雪白的世界，赶紧往回赶。十天前，久冻了的老柳经不住积雪，轰隆一声砸在了永海家的房顶。人没事，房子却塌了。永海爸得回救灾临时房里，策划怎样让来年回来的永海，看到一个像以前一样的家。

我给荒山喷绿漆

○岱　原

我的职务是乡长秘书，这不是什么讨巧的工作。换句话说，我做的事就是给人擦屁股，给乡长擦屁股。

我对自己的工作没什么意见。这世界，有屁股就得有人擦。何况是给乡长擦屁股。我特殊的工作性质其实在乡村还是很受尊重。一般人见到我都是满脸笑意，争先恐后地朝我手里递香烟。乡长不在的时候，酒桌都是坐上位。

人不能向上看，得向下看，向上看心里不平衡，向下看心里就熨帖。

其实，这些道理都是乡长教我的。乡长说：×，我在这个狗不拉屎的破山区待着有意思么？我去趟城里，人家县长宴客开瓶酒就是3000元，我们是多少？喝瓶五粮液，财政就在那边大叫吃紧。人家城里搬上台面的酒席都是鲍参翅肚，我们有什么？最好的就是到山上打两只麂子。但你不能这样想，有些东西不能比，一比心里就不平衡。乡长是个开明的人。

当然，乡下工作，擦屁股的事情也不是很多。下面人往上面闹事多是为钱。这些事情乡长是不会出面的，乡长说找秘书吧，然后我就出面，该搪塞的就搪塞，该推诿就推诿，该恐吓就恐吓，视情况而定。乡政府新办公大楼建成后拖欠农民工工资，欠了一段时间，事情闹得有点儿大，后来我做主，砍了一片山林，用木材款付了一部分工资，虽然不及总数的十分之一，但是现金一出手，沸腾的局面就控制下来了。人民群众其实都有觉悟，能理解政府工作的难处。逼什么也不能逼政府。政府欠账盖个楼是应该的，你总不能把政府办公大楼拆了，让乡长跑到瓦窑里去办公吧？乡长也觉得我这事办得不错，处理得有水平，我也就很高兴。擦屁股要的就是这些技巧，讲究智慧。

还有一种擦屁股是专门针对上面来人的。上面来人招呼好吃喝必不可少。最重要的一点就是不能让上面下来的人眼睛添堵。他视察农田水利，你就要带他看农田水利，他视察山林苗木你就要带他看山林苗木。视察内容的设计一般都是由我来安排，让眼睛添堵的东西必须屏蔽，即便它存在，也要从视野里拿走，这个擦也要有技巧，毕竟上面人下来一次不容易，如果不制造出欣欣向荣的景象，那要乡长有什么用。乡长没有用，我这个乡长秘书就是狗屎。

现在还是来交代一下我给荒山喷绿漆的事吧。

如果不是好事的人把它放上互联网，我一直觉得自己这件事情处理得相当有创意。

那是几个月前，接到一个通知。说县长过两天要来乡里视察，视察的内容就是山区那片联合国无息贷款培育的次生林生长情况。这种接待要说也不算什么问题，问题就出在视察的路上刚好有一片山体滑坡了。说来也巧，这个滑坡的地段也就是我指挥人砍伐苗木垫付工资的地方。一片山林应该抽着砍，当时图省事就成片端了，结果，四五亩的地皮一下子暴露了出来。后来又碰上一阵子大雨，居然滑了坡，山体一滑坡，黄白相间的土石就裸露出来。和周围的环境不协调。乡长特意叮嘱了这件事，说两天之内一定要让山体披上绿装，要把它当成一场攻坚战来打，县长来视察什么？视察山林。不是视察山体滑坡。乡长很紧张。

两天之内，怎么披绿装，林业部门的人设计了几套方案，结果都被推翻了，要么时间紧，要么人手紧，要么财政的银根紧。喷绿漆的主意是我想的，我在否决了诸多方案以后忽然就想到了这个点子。当时我就觉得，我真是太有才了。

五个人喷了两天，刚好完工，一点都没有耽误时间，赶上了县长视察，没出纰漏。县长的车从它前面绕一下就过去了，只花了五秒钟。

问题出在后面，县长自己视察也就算了，居然带上了一大班随从，随从里面有官员也有记者。谁拍的照我搞不清楚，我只知道拍照的人把他弄上了互联网，让全国人民见识了我的创意。

没什么好说的，城里人没见过世面，搬不上台面的东西也要大惊小怪一下，浅薄。

我承认漆喷得水平有限，喷漆工人是临时拉来的民工，没经过专业的培训，颜色没调好，喷的层次感不强，与周围的环境看上去不那么协调。但是谁能够担保自己能够喷得更加协调，毕竟只有两天的时间，出不了细活儿。

现在回想，我依然感到自豪，绿化四五亩地，我只花了三四千块钱，也就是高档酒桌上一瓶酒钱，最大限度地节约了财政开支。喷漆工人五个人干了两天，一天工资 50。五个人干两天就是 500 块钱，500 块钱我一分钱都没有拖欠，这在乡财政支出的历史上算是开了一个了不起的先河。

夏日午后的恐慌

〇李　铁

我9岁那年的整个暑假，我们村子笼罩在一片恐慌之中。事情的起因是，我们村里已经有两个孩子分别在两个午后神秘地失踪了，活不见人，死不见尸。

于是，村里便笼罩在一片恐慌之中。恐慌如同一团乌云罩在我们村子的上空，久久不散。大人们说，那两个失踪的孩子是被人贩子拐走了，卖到了别处；也有的说，那两个失踪的孩子的器官被人贩子割下，卖到了国外。

娘再三叮嘱我说，可不敢再独自一个人出去了，放羊、割草要几个人结伴去。

二蛋和小牛，就是那两个失踪的孩子，一个小我两岁，一个小我三岁。他们都是在村后山坡下那一片玉米田里失踪的。

那天午后，大牛、小山和我，我们三个人结伴去放羊。天闷热，连树上的知了也懒得歇了声。羊儿们在草坡上安静地吃着草，我们三个围成一圈，打起了扑克牌。一局玩完，小山边洗牌边问大牛，你弟弟小牛都没了，你现在还敢出来？

大牛瞪了一眼小山，说，那又咋啦？你信不信我现在就下到玉米田里去给你瞧瞧！

小山坏笑了一下，说，甭吹牛了，继续打牌！

小山的不屑一下子激恼了大牛。大牛忽地直起身子，拍了拍屁股，向前移了两步，绕过正在吃草的三只羊，径直朝坡下的玉米田里走去。我和小山愣了一下，就赶紧起身，三步并作两步撵了过去。算了吧，小山也是无心的，玩嘛。我拉着大牛的胳膊说。而小山木在一旁，吓得小脸早没了颜色。

不！我就要下去看看……大牛扭动着身体，想要挣脱我的拉扯。呜呜呜，一旁的小山咧开嘴巴，哭了。

就在这时，一团乌云从北边向我们头顶压了过来，霎时，周遭黑了下来。

要下暴雨啦！我高声嚷了一嗓子。我们三个撒腿向羊奔去。一阵大风刮过，坡上的树向一边伏去，又一阵风刮过，树又伏向另一边。狂风肆虐，雷电交加，片刻间，铜钱大小的雨点劈劈啪啪落了下来……

玉米田对面是一片西瓜地，地头有一个瓜棚。我们三个牵着羊心急慌忙地冲了进去。

很快，地面上汪起了一片片的水洼。哗哗哗，高处的雨水也向低处流去，小溪一样。我们站在瓜棚下看着雨幕急速地扯下。天地一片迷茫。

你们看！小山惊恐地喊了一声。顺着他指的方向，我看到一个人影从玉米田里蹿出来，兔子一样向山坡上奔去。

人贩子！我们三个几乎齐声脱口而出。又一道闪电从天空劈下，那飞奔的人影便罩在一片白光里。是个男人。他似乎在追着前面的什么东西。

还看什么？还不快往回跑！大牛几乎是在咆哮了。

第三天傍晚，奄奄一息的大牛爹被人从后山抬了下来。同时抬下山的还有一只大灰熊的尸体。

两天后，大牛爹被救了下来。他醒来后告诉大牛娘，大牛娘又告诉村里人，说他为了查出儿子小牛的失踪之谜，已悄悄在那片玉米田里潜伏了七八天。

那天下暴雨时，我们看到的那个“人贩子”正是大牛爹——他在没命地追那只大灰熊。

于是，村里人开始说，小牛和二蛋是被那只大灰熊吃了。

是在第二年春天，拐卖小牛和二蛋的人贩子被外地警方抓获，并将二蛋解救出来，送回了家。

可是，小牛至今都没有找到。

第50道刀痕

○刘德明

阿霞·穆萨耶娃轻轻掀开窗帘，将手中的俄制“卡拉什尼科夫”自动步枪伸出去，然后，通过狙击望远镜观察着前面宁静的俄军阵地，她们已经在这里耗了两天。她有些兴奋，今天之后，她要回到她的赛场去。

阿霞·穆萨耶娃是一个气质高雅，漂亮出众的车臣女子。然而，与美丽的外表截然相反的是，她是一名专门接受绑架、暗杀、狙击任务的令人闻风丧胆的“白鹅”，车臣人总是把她们这些女狙击手称为“白鹅”或者“白袜子”。

她从来没有想到自己会以这个为职业，一直以来她的理想就是当一名优秀的射击运动员，到奥运赛场去争光，去夺取金牌。所以阿霞·穆萨耶娃在国家队训练时非常刻苦，射击成绩在同伴中遥遥领先，成了一名优秀射手。

一天，她正在训练时，教练突然带来了几名男子，站在一旁看着，直到她练完当天所有项目，他们才离去，一句话也没有说，其中两位男子只看了她一眼，然后就走了，表情非常冷峻，但阿霞·穆萨耶娃还是从他们的眼睛里看出了一种赞许。

两天后，教练声称有重要任务叫她去完成，把她带到了一个地方。那里像一个考场，前面坐着7个人，在这7个人当中，她又见到了那天来看她训练的两位男子，还是一样冷峻的眼神，面无表情的样子。

“阿霞·穆萨耶娃，现在有一项工作要请你去完成，比你当运动员要神圣得多，你去不去？”那位年岁大一点的说。

“请问什么事？”阿霞·穆萨耶娃问道。

“要你做的事很简单，就是用你的眼睛从狙击望远镜中去搜寻目标，找到目标后，冷漠地扣下扳机，然后看着敌人的头部迸出脑浆和血浆，你愿不愿意做那种事？”

阿霞·穆萨耶娃以为这只是一种竞赛心理的测试，想也没想就果断地回答：“我愿意。”

这时，那位脸色冷峻的人站了起来，一边鼓掌一边走近她：“祝贺你顺利通过面试。”

从此，她就成了一名真正的战士，成了一只“白鹅”，在部队接受专门的射击训练。那位前来观察她训练的年轻人托尔波耶夫就是她和爱尔莎加祖耶娃两人的教官。

意志、速度、力量、耐力、命中率，各方面的训练十分苛刻，15 秒内找到有效距离内的目标，一发命中；手持笨重的狙击步枪却还要能够轻松地冲锋；夜战，等等。就像机械一样，她们两个人每天反复练习的除了攻击还是攻击。

有一次，教官托尔波耶夫对她说：“那天你要是有稍稍的犹豫，你就可能还留在你的运动员队伍当中，而不是一名职业军人。”

她笑着看看眼前这位年轻的教官，没有说话，但眼神里明显带有疑问。

托尔波耶夫接着补充道：“因为狙击手是没有权力犹豫的。”

这句话给她们两人留下了深刻的印象，严格的训练使她的眼神也变得冷峻起来，仿佛子弹一样能够穿透人的内心。

后来，她和爱尔莎加祖耶娃又被送到一所卫生学校进行了三个月的护理专业学习。

之后，阿霞·穆萨耶娃和爱尔莎加祖耶娃被安排到“红十字”会工作，在里面充当救护人员，枪械就藏在医疗器械里面，随时放在身边，随时可以出击。

“从今以后，你们两个就是一个战斗小组，不管碰到什么困难，记住，不要想到别人会来增援你们，你们最大的救星就是你们自己。虽不能说是同日生，但是，你们要有同时死的准备。祝你们好运！”临走，教官对她们说。

阿霞·穆萨耶娃摸了摸枪托，那里刻了49道刀痕，这49道刀痕表示她用这把枪已经击出了49发子弹，打死了49名俄国军人。其中最多的一次是在一个隘口，她用这把枪一连结束了5条生命之后，俄军还没有发现子弹是从哪儿射出来的。

不知从第几个开始，她开始了对这种生涯的厌倦，看着那些脑浆和鲜血流出来，罪恶感就会涌上心头。

“阿霞，你休息一会儿，我来吧。”爱尔莎加祖耶娃猫着腰走了过来。

阿霞·穆萨耶娃于是退到一边休息，这时，她又想起了那次与爱尔莎一起到莫斯科休假的情景，那一次她们用的是哈萨克斯坦护照。旅途中，她们与一位俄罗斯老太太成了朋友。

老太太告诉她们，家里发生了不幸的事情，自己是来散散心的。

阿霞·穆萨耶娃问：“老人家，是什么不幸的事情？”

老太太一脸的痛苦，从胸口摸出一张照片，那是一张年轻英俊还带有稚气的脸，穿着一身军装。“我儿子在车臣被打死了。”

阿霞·穆萨耶娃的心突然紧缩了一下，她暗暗地问自己：“是不是你打死的？”

分手时，老太太突然伸手帮她把衣领整了整，收拢了些：“孩子，冷啊！”

老太太的这个动作和一声“孩子”使她的心里再次一颤。

巧的是，回车臣的路上，她们又碰上了一位少妇，带着一个孩子，聊天中发现，少妇的丈夫也是在车臣被冷枪打死的。

休假并没有使她的心情得到放松，反而使阿霞·穆萨耶娃的心情开始沉重起来，常常有一种罪恶感。她多次提出退役，但是没有得到批准。

阿霞·穆萨耶娃于是心里下定了一个决心，当枪托上的刀痕达到50条的时候，她就坚决不干。

今天，只要再开一枪，枪托上的刀痕就可以达到50，那时她就可以获得自由解脱，重新回到她的运动生涯。

这时，爱尔莎加祖耶娃向她做了一个手势，表示有情况。

然而，阿霞·穆萨耶娃还没有走到窗前，猛烈的火力已经从四面的窗户上压了进来。

爱尔莎加祖耶娃一句话也没来得及说，仰天一跤就跌倒在地板上，阿霞·穆萨耶娃低头一看，她的眉心有一个圆形的弹孔。

“爱尔莎!”她大叫了一声，流下了进入组织后的第一滴眼泪。

阿霞·穆萨耶娃知道，她们中了俄军的圈套，已经被包围了，四周布满了俄军狙击手。

“狙击手是没有权利犹豫的。”教练的话在耳边响起，阿霞·穆萨耶娃掏出军刀在枪托上凝重地刻下了第50道刀痕，这是她唯一一次在看到生命陨落之前刻上的刀痕。

然后，她把枪指向了自己的下巴，轻轻地扣动了扳机。

股民白小来

○王培静

白小来原先是开出租车的，一次事故中，左腿被撞断了，里边打了钢钉，下雨阴天还觉得痛。当时喝没喝酒，只有他自己知道，反正他挺爱喝酒的，夏天饭前饭后，经常光着膀子，提着瓶啤酒出来，大叔大妈看到了，就说，小来，脸都喝成那样了，还喝啊。他眨着一对小眼睛说，这才第三瓶，我就这样，爱上脸，喝一瓶也这样。

他的皮肤不是一般的白，按白云的说法，那是相当的白。白到什么程度不好形容，这样说吧，和街上偶尔走过的外国白种人没有一点区别，从这点上来说，他还真对得起他自己的姓氏。那半身白肉衬着他的红脸，那是相当的分明。

他不开车好几年了，媳妇去上班，他就在家闲着，天天喝得迷迷糊糊。后来每天就出去几个小时，付老太太问，小来，你上班了啊？

是啊，上班了，在股市上班。

付老太太问，股市？股市是什么单位啊？具体干什么工作？

和打麻将一样，一会向里放钱，一会向外拿钱。他怕老太太听不明白，给她打了个比方。

那不成赌博了？公安局不管？

公安局不管，他们的人下了班也可以去“赌”，国家允许的，也是公开的。他耐心解释。

那不乱套了？

不乱套，这是一个新兴的职业，你慢慢就明白了。

没多久，付老太太真的就明白了，邻居们听小来说，现在股市形势大好，有时一天就挣几千块。每家都给了小来一两万，让他代为炒股。小来一从股市回来，大家就关心地来问，今天情况怎么样？小来就兴高采烈地大讲特讲牛市、飘红，弄得付老太太也坐不住了，偷偷找到小来说，大侄子，我这儿有8000块钱，你拿去也帮我“炒炒”。

大妈，您还是放在银行保险，炒股这玩意有赚有赔，我怕您经受不起折腾。小来笑着说。

小来，你什么意思，我可是看着你长大的，别人谁的钱放你这儿都行，就我的不行？付老太太一下子变了脸。

好，好，我帮您炒，但赚了您也别喜，赔了您也别恼。

付老太太说，你就当自己的钱，该出手时就出手，不能出手别出手。

年底时，大家等着小来的好消息。可小来回来说，现在的股市形势不妙，我给自己和大家买的股票原先一直是挣钱的，这几天一直在下跌，一点没有反弹的意思，愁死我了。

大家开始议论纷纷，继而有人提出来要收回资金，像传染似的，大家来找小来，都要收回炒股的资金。小来说，我一下也退不出这么多钱来。大家不管，天天追着小来要钱，有的甚至坐在他家不走了，说什么时候给钱必须给说个准日子，家里还等这钱过年哩。

那一段，弄得小来灰溜溜的，天天像躲债的，早晨天不亮就走，半夜里才偷偷溜回来。年前几天，终于“割肉”把大家的钱给“还”了回去，自己还得像做了亏心事似的一声声说，对不起。

有人再议论起小来和股票来，就有人说，一个大老爷们，不务正业，天天做梦，梦着天上掉馅饼。

慢慢地人们发现，小来也很少出去了。在胡同里碰上，小来也再没给大家提过股市的事，只是说些别的。

两年后的一天，胡同口停了两辆搬家公司的车，小来到门外接搬家的工人。有人惊讶地问，怎么，要搬家啊，向哪儿搬?

小来笑笑说，在玉泉路买了套房子，装修完好几个月了。

玉泉路的房子，10000 元一平方米吧，多大啊?

不大，168 平方米。

168 平方米，还不大? 那人张大了嘴巴。

原来，小来虽然不去股市了，但他买了台电脑在家里上网炒股，这房子钱全是这两年炒股挣来的。

他搬走后，人们议论起他来，有人说，说不定他买房子的钱里，还包括当时我们给他炒股的钱挣回来的钱在里面哩。

谁知道呢?

掌旗手

〇朱　宏

电视里正在播放一部抗战纪录片，虽然有些历史画面模糊不清，但它还是让我姥爷原本混沌的眼睛闪亮起来。我姥爷目光炯炯地盯着电视屏幕，生怕漏掉一个镜头。

1944年八路军再次光复紫荆关，城头上飘扬起一面旗帜，镜头一闪而过。我姥爷兴奋起来，他说那面鲜艳的五星红旗就是他亲手插上去的，他一脚把城头那面膏药旗踩在了脚下。

我笑了，我说那时还没有五星红旗。我姥爷生气地看我一眼，不再说话。我姥爷当过兵不假，但是他的记忆总是破绽百出，可信度不高。我妈笑着说，你跟你姥爷较个什么真，他老了，糊涂了。

我姥爷嗓门儿就粗了起来，谁说我老糊涂了！我说姥爷，服了你，那是军旗行不?

陈逸飞有一幅名画叫《占领总统府》，画中解放军战士在总统府的门楼上将一面鲜红的旗帜升起来，画面气势恢弘。电视上介绍这幅画的时候，我姥爷指着画中的人物说，那个横挎冲锋枪，左手举旗的解放军就是我。

我就逗姥爷，那是一面国旗吧?

姥爷想了想肯定地说，是一面五星红旗！当时我一下把老蒋的旗子扯了下来。我说那个战士倒和姥爷有几分神似呢。

姥爷看来很满意我的说法，那当然，本来就是我嘛，你姥爷当时也很英俊呢。

我说那时牺牲了很多人呀。

姥爷的眼睛像一盏调光台灯，忽然被谁拧暗了。他喃喃地说，小丁、老王他们都死了，划船的老乡伍老头也死了，死了好多人呢。姥爷没有用“牺牲”这个词。

我姥爷确实是当年百万雄师中的一员，但如果说那幅画中的战士就是他，那也太不靠谱了。陈逸飞画画，人家那是艺术创作，姥爷真的是老糊涂了。

又有一天，央视六套播放一部抗美援朝的黑白电影。志愿军突破封锁，占领了高地。电影演到这里，我说，刘振清同志一脚把侵略者的旗踩在了脚下，亲手把经历过炮火洗礼和鲜血浸染的红旗插在了高地上。

我姥爷笑了，我姥爷说，这回你说错了，我那会儿正指挥部队消灭残敌呢，插旗的是我们连的一个战士。

国庆节到来的时候，姥爷的心情格外好。他叫我拎出皮箱，打开，皮箱里是姥爷退伍时的军装。姥爷穿上军装，来到镜子前，仰起脖子，费力地将风纪扣扣好。一排军功章在他的胸前熠熠生辉。姥爷的神情庄严肃穆，他抬起右臂，向着镜子里的自己行了一个军礼，虽然不那么干净利落，但依然很标准。

姥爷转身，命令道，杨红旗。我说，到！姥爷说，跟我出去侦察。我说，是！答完命令，我问，姥爷，今天去侦察啥呢？姥爷慈祥地笑笑，嗯，去看看有啥好吃的好看的。

节日期间是各种商品销售的大好时机，各个商家都在搞促销活动，街上人流如织。姥爷兴奋得像个孩子。迎头走过来的人看见姥爷和姥爷身后的我，都要多打量两眼，大约是他的着装、勋章还有我爷孙俩的奇妙组合与街上的商业气氛显得有些格格不入吧。突然，姥爷摆手叫我停住。

姥爷的手指伸向身侧大约 5 米远的地面。我望过去，地面上是一些花花绿绿的宣传单。姥爷说，杨红旗，过去，捡起来。我疑惑地走向姥爷所指的那片地方。

地面散乱的宣传单里赫然躺着一面纸做的国旗。姥爷的眼睛真尖，或者说他对红旗有着心灵上的感应。我赶紧把国旗捡起来，拂去了上面的灰尘。

姥爷接过我递过去的国旗，脸上出现抑制不住的愤慨，出门的喜悦也从脸上一扫而光。姥爷把国旗又正了正，这才用右手握住了旗杆。

我推着姥爷在街上转了一上午，姥爷的神色宁静而安详，几乎没再说一句话。姥爷明显是累了，手臂垂在轮椅的扶手上休息，但他手里的国旗始终竖立着，从来未曾放下。

三月花开

〇石　鸣

三月花开，春意拂面，桂花回家，去看爹娘。爹被狗咬，娘被气伤，桂花心里，急如火扬。先乘汽车，再迈脚板，一刻不歇，村庄在望。一路走来一路想：可恶的王大麻子，怎就不看好自家的狗，惹出这祸事一场?

走进家门，就见爹带伤在床。娘见桂花，几欲泪淌。拉了桂花手，将事情说端详：你爹去村头买肉，肉香引来了王大麻子的狗。王大麻子的狗跟着你爹走，突然张口就咬住了你爹买的肉。你爹将肉紧抓在手，王大麻子的狗却死不松口。这时你爹见周家门口有一根棍子，就抄起棍子想吓唬吓唬王大麻子的狗，谁知那畜生转身就咬了你爹一口。你爹一急，就打瘸了王大麻子的狗。王大麻子的狗简直是疯狗，瘸着腿又咬了你爹一口，还将你爹扑进水沟，闪伤了你爹的腰，跌坏了你爹的腿，一斤二两肉也被全部抢走。你爹要王大麻子赔钱看病，可王大麻子只肯赔咱一斤二两肉，说你爹也打伤了他的狗。你说这是什么混账话！这王大麻子，还不就是欺咱现在家里没人！你哥在广东，不好大老远把他叫回来，这才托人叫你回来……

爹去打狂犬疫苗没有？桂花打断了娘的话。

打什么疫苗！王大麻子一分钱也不给，要是你爹自己去打了，王大麻子还不就更不给钱啦。你回来就好，下午我们就去王大麻子的家，让他把钱掏出来！桂花娘恨恨地说。

妈，你们也真是，现在油菜正开花呢，万一王大麻子的狗真有狂犬病毒咋办？不管怎么样，都应该先去打疫苗嘛。桂花说。

找你回来是说这个的？打不打我们不知道？桂花娘放下桂花的手，在床沿坐下来，望着桂花爹，接着说，你看你爹现在躺在床上起不了身，他王大麻子要撒手不管，休想。桂花也走过来坐下，桂花娘就又拉了桂花的手，问，还没吃饭吧？我给你弄去。

吃了饭，桂花和桂花娘就迈步去王大麻子的家。王大麻子的家离桂花家只隔着几丘田，过了油菜田，再过小麦田，跨过小水沟，穿过小竹林，母女二人就来到了王大麻子家。只见门闭户掩，但闻笑声不断，原来王大麻子正在家里请客吃饭。桂花娘站在门外，大喊了好几声，王大麻子才叼着一根烟慢悠悠地走出来。门一打开，就蹿出一阵犬吠，吓得桂花和桂花娘都往后退。王大麻子哈哈大笑，母女俩这才看清，狗被一条链子拴在院子里的樱桃树上呢。院子里摆了两桌酒席，有人喝酒有人夹肉，有人往大门这边瞅了瞅，然后起身往大门走。

你的狗把我爹咬伤了，还把我爹扑进水沟里，摔伤了我爹的腿，扭伤了我爹的腰，我爹的治疗费，应该由你来出。桂花对王大麻子说。

又不是我把你爹弄伤的。王大麻子对着桂花吐了一口浓烟。再说，你爹还把我的狗打瘸了呢。

狗是你家的狗，你不看好，咬了人，就是你的责任。法律上也是这样讲的。我爹打你的狗，是受到伤害时的正当防卫，又不是主动攻击，不应该负责任，这也是法律有规定的。桂花用手扇开王大麻子吐过来的臭烘烘的烟雾，对王大麻子说。

哟嗬，刘桂花，看不出来你喝了几天城里的水，吃了几天城里的饭，也会跟着放城里的屁了。告诉你，你会放城里的屁我王大麻子也不怕。北京人的屁我都闻过，我还怕你的屁不成？

你当过兵，就更应该知道讲道理。桂花说。

我是讲道理，但我跟你讲个屁道理。你以为你会放城里的屁就是讲道理了？也不看看你这模样，你在城里做什么，我们又不是不知晓。王大麻子叼着烟说着回头看看身后的人。身后的人一阵哄笑。

王大麻子，你乱说话要烂你的嘴！我家桂花在城里做的可是正正经经的服务员，你去城里问问，福满堂酒楼，都是有身份的人去的，谁不知道？桂花娘说。

我说大嫂子，你莫说我烂了嘴，我看是你瞎了眼。你睁眼看看你闺女，又涂脂来又抹红，和早些年村头被改造的婊子秦二姐有什么两样？你再看看那头发，黑不黑来红不红，公鸡尾巴似的，就是当年的秦二姐，也没这般骚过！还来跟我讲道理？讲啥屁道理？王大麻子说着，又吐出一口浓烟。身后的人又一阵哄笑。

王大麻子，你要烂了你子孙八代的嘴！桂花娘说。

我烂子孙八代的嘴，你家就卖子孙八代的×！王大麻子说。

王大麻子，你个畜生都不如的杂种！桂花娘气冲脑顶，花白头发狂舞不止作响，对着王大麻子挥手就是一记耳光。王大麻子气急败坏，举手要打桂花娘，身后众人忙拦住，说，莫动怒，你看她这病模样，闹出人命为哪桩？

桂花娘不解恨，还要往上扑，桂花赶忙将娘拉住；王大麻子也不解恨，也要往外扑，但双手被众人死死攥住，只好破口大骂。道理是没法往下讲了，桂花担心娘有闪失，死命拉了娘往家走。

好不容易回到家，桂花对娘说，你也真是，我们是去讲道理让王大麻子负担治疗费的，你去发火打人干啥？弄得道理也不好讲了。他王大麻子乱说，只会显得他没见识没文化，你去跟他发什么火？气伤了身子，还不是自己吃亏。

桂花娘不搭话，理了理自己的花白头发，瞪着桂花说，你好好一个人弄成这样是干啥？桂花娘心里又气又懊丧。桂花回来时，她只顾将事发缘由说个端详，却没注意自家的闺女变了模样。你看你，衣服穿得像捆绑，裤子紧得像腊肠，你就不会买件布料多点的吗？

妈，你懂个啥？这叫紧身衣紧身裤，现在就流行这个，有线条。桂花说。

呸，不害臊，这样紧绷绷的有啥好？别人一眼就看出你奶子有多大屁股有多翘，你不脸红我还心跳。还有这头发，弄得像钟馗，你说你是人还是鬼？你赶紧给我去洗了。桂花娘说。

妈，这是染发，哪能说洗就洗掉的？说洗就洗掉了，还算什么染发。你看你这火，染个发又有什么大不了的？城里人都染发的。你去城里看看，都是这样的。桂花说。

桂花爹躺在床上，看着母女说话，一脸茫然。好不容易瞅住个空儿，赶忙问，那王大麻子，同意付医药费啦？

同意个屁！桂花娘气咻咻地冲着桂花说，原本指望着你回家来为你爹说话，不成想你反倒回来将脸丢光。

妈，你这是啥话啊？是王大麻子蛮不讲理，你怎么反倒怪我呢？要不咱们去找找书记和村主任，这件事他们应该来管的。桂花说。

你还嫌没把脸丢够？还要到书记面前去丢脸？还要到村主任面前去丢脸？现在你就给我回城里去，别在村里走来晃去丢人现眼。下次回来，你先给我收拾得像个人模样了再往家走。你爹的事，让你哥来管，我这就给你哥打电话，看他王大麻子能赖几天！桂花娘说着，出门就奔李家的杂货店打电话。

三月春来，菜花飘香，桂花出门，满腹惆怅。回家一趟，让人迷茫。村庄渐远，城市在望。一路走来一路想：到底是哪里出了错，让事情变得这般荒唐？

寻找曹大妞

○金　光

单位领导递给我一个市委批件说："汶川大地震中，咱们市有一位叫曹大妞的个体户向北川县捐了7万多元，市领导让找一找这个叫曹大妞的捐款人，在报上宣传一下她的事迹。"领导说完把那个批件递给了我。我看那是一张汇款单的复印件和北川县的感谢信，汇款单是从黄河路一个邮电所发出的，就决定先去那儿问一问。

邮电所主任认识我，一见我就开玩笑说："大记者今天来采访什么?"我顿了一下，拿出那张汇款单复印件问他："你们知道这个人吗?"主任看了看，再传给每个工作人员，都没有吭声。主任说："那些天来汇款的人很多，谁能记住呀!"说这话时，一位小姑娘站了起来："我知道，这笔汇款业务是我办的。但我只知道她是个四十多岁的中年妇女，穿着像农民，我还问她怎么捐这么多啊，她笑笑没说话。""她长得啥模样儿?"我迫不及待地问。小姑娘想了一会儿，描绘说："中等个子，瘦瘦的，头发很乱。对了，一只眼睛……"

一只眼睛？我愣了一下。

为了能够起到新闻的轰动效应，我回到报社写了个寻人启事，让广告部发在第二天的日报上。寻人启事是这样写的："寻找一位叫曹大妞的中年妇女，此人中等个儿，右眼失明，有谁知道此人下落请电话告知，定谢!"

第二天上午就接到三个电话，可是一见面，不是名字不对，就是相貌对不上号，我有点泄气了。于是，脑海里便酝酿了一篇小通讯的内容：曹大妞，一个极其普通的名字却蕴藏着一颗善良的心。她个子不高但形象高大，她不漂亮却心灵美丽。当我走进这个三口之家，问及他们为什么捐这么多钱时，她说灾区人民的困难就是她的困难，现在生活好了，她就把积攒的钱全部捐了出来……

毕竟是虚构的，过后看了连自已也笑了。这不是新闻，而是小说。如果没有见到曹大妞本人就把文章发出去，那是万万不行的。

我心里很急，于是就把寻找曹大妞的任务交给记者部的所有记者，让他们眼观六路耳听八方，谁要是帮我找到了，我请他喝酒。任务是布置下去了，但两天时间里，所有记者也没有一个打听到曹大妞的下落。

表弟的妻兄来市里办事儿，表弟在家里准备了一桌酒席让我陪酒。我心情不怎么好，但还是去了。

表弟住在城中村的出租房里，房子狭小且暗淡，加上只有三个人，酒也喝不起劲儿。表弟见我蔫蔫的，问我有啥心事？我告诉他，这几天为找一个叫曹大妞的人，弄得神魂颠倒。表弟觉得奇怪，问我找这个人干啥，我说她向地震灾区捐了很多钱，市领导批示让宣传一下。表弟呷了一杯酒，点头说："这确实不好找，没有地址凭个名字上哪儿找去？"我说："根据只有两个，一是钱从黄河路邮电所里汇走的，二是她只有一只眼睛……"表弟问道："她多大年龄？"我说："据说有四十多岁吧。"表弟笑了："村头有个拾破烂的女人也是一只眼，不会是她吧？她也就四十多岁……"

表弟的话让我乐了，因为他说的那女人的体貌特征，觉得我要找的人就是她！

稍后，表弟引我到了村头，来到一棵泡桐树下垒着的低矮小屋门前。小屋房顶的油毛毡上横七竖八地压着一些烂砖头，屋外堆着一大堆废纸、啤酒瓶和纯净水瓶等。我们敲开栅栏门的时候，一位蓬头垢面的女人拉亮电灯泡，问："你们干啥?"

表弟上前问道："你是不是叫曹大妞?"

女人用粗涩的手擦了一下失明的右眼："问这干啥?"

我把表弟拉到身后，微笑着向女人解释："大姐，你是不是给灾区捐了7万多元？让我看一下你的身份证好吗?"

女人看着我："我捐钱不对吗?"说罢，她就把身份证递了过来。

果然是曹大妞！可眼前的一切与我想象的实在相差太远。我看见灯泡下除了一床破烂的被褥和墙上挂着许多破烂的衣服外，只有一个煤火炉上放着一只小铁锅，那残了角的锅盖明显是当做案板用的。我问道："大姐，你为啥要捐那么多钱给地震灾区?"

她好久没有答话。就在我以为她不会回答的时候，她开了口："我在广场的大电视上看见那里房塌地陷，好多人连命都没有了啊！我好赖还幸福地活着，要钱有啥用……"

曹大妞最后说的什么，我没有听清楚。

那一夜，我一闭眼满脑子都是曹大妞低矮暗淡的简易房和那张写着7万多元的汇款单复印件。

最后的心愿

○聂鑫森

人们说，县委大院硬是中邪了。

50 岁的县委书记伍雄奇，在下乡检查工作后，回到办公室，突然腹部剧痛晕了过去。他被紧急送到了县人民医院抢救。苏醒后，大夫对他进行了各式各样的检查，结论是“肝癌晚期”，而且日子不多了。所有的人，当然包括家属，对这件事都高度保密，绝不能透露一点风声，以免伍书记病情加重。

三年前，县委常委、宣传部长老郑，在一次抗洪中，为去救一个老人，被急流卷走了，三天后才发现尸体。现在县委书记又得了绝症，这难道仅仅是巧合?

伍书记确实是一个好干部，这是有口皆碑的：廉洁奉公，忘我工作，待人宽厚。从省委大院调到这个县当“一把手”，转眼六年了。这六年，摘掉了“贫困县”的帽子，各乡镇的公路修通了，引进外资办了好几家加工农产品的大型企业，农民的收入大幅度提高……这样的“公仆”到哪里去找呢?

伍书记上任时正是初春，当时新县委大院刚刚落成。当办公室主任向他汇报关于装修、绿化等方面的情况时，伍书记只说了两点意见：一是在办公大楼最高一层的“横额”上安装一个大石英钟，为的是盯着时间争分抢秒把“贫困县”的帽子甩掉，办事决不能拖时误点；二是大楼前面的这个池塘边，不要去买什么古树来移栽，太费钱，就插上柳枝吧，容易活，容易长。至于其他方面，他没有什么意见，总之是要“俭”，不要讲排场，穷县讲不起排场啊。

六年了，石英钟粗黑的指针，还在孜孜不倦地走着；池塘边的柳条已长成了树，绿汪汪的。可伍书记却累得没有时间看病，忍着、挨着，以致病入膏肓，药石无效了。

县长张世，今年四十出头，精明能干，也有魄力，六年来与伍书记配合得丝丝入扣。在伍书记病重期间，他把书记、县长两副重担一肩挑，还隔三差五到医院来看望伍书记，向“一把手”谦恭地汇报工作。从张世的话语中，伍书记注意到，许多原本应该在县委大院召开的会议，都一律放在县政府大院；张世还会不由自主地说到那个石英钟有些旧了，挂在那里也不太好看；池塘边的柳树，一到春天，飞絮把地上弄得很脏。伍书记蜡黄的脸上，泛着淡淡的微笑，但他的眼里，渐渐地漫上一层沉重的悲哀。

伍书记在住院之前，就依稀听人说过那个安放在顶楼前面的石英钟，俗称“顶上钟”，而“上”与“丧”谐音；柳树呢，古人有“折柳赠别’的习俗，“柳”又有“走”的意思。这都不是吉兆啊。他当时觉得很可笑，许多号称“无神论者”的共产党员，居然也相信这一套，他是绝不相信的！

伍书记的病越来越重了。

有一天，他对秘书小刘说：“你不应该瞒我，我猜得出这次我要去和老郑做伴了，死又何憾？你告诉我，是不是有很多人谈论那个钟和那些柳树？”

小刘说：“是的，而且议论得很厉害。”

伍书记长长地叹了一口气。他完全想得到，当他去世后，在这种舆论的渲染下，县委大院会以种种借口废弃不用，因为直接去取下钟和砍掉柳树，会给人以口实。他的下一任应该是张世无疑，张世会巧妙地尊重群众意见，再重建一个院子，那得花多少钱啊！

伍书记很惆怅，他和张世共事数年，竟然没有发现这个人身上很卑微的地方，是识人不深。但现在什么都来不及了。

弥留之际，伍书记把县委常委全班人马叫到病榻前，断断续续地说："张县长……同志们，我有个最后的心愿，请把那个钟取下来，请把池塘边的柳树都砍掉……这个院子只建了几年……花的都是老百姓的血汗钱啊……"

说完，伍书记安详地合上了双眼。

在民间

〇陈　毓

村里搞新农村新民居建设，建房要在统一规划里，院落前后错落一致，大小规整，色彩仿佛。听说这样做才能拿到政府补偿的那部分修建资金。

建房委员会的找到高奶家说明情况，开始高奶不愿意改旧建新，她说旧房还没旧到不能住人，旧房被人暖着，屋里有温温的人气。再说，前院的石碾盘，碾盘边每年都挂满红枣的枣树多遂人的心思，咋能说拆就拆，说砍就砍？

高奶为这事板了两天脸。但她也知道板脸不管用，这事别说她做不得主，恐怕儿子大毛也做不得主吧。做得了主的是建房委员会的手里攥着的补偿金。

但是，意外的，石碾盘和枣树都留下了。那是孙子小毛的功劳。

小毛在省城搞艺术，这是高奶听村里的时髦青年说的，高奶不懂时髦青年嘴里的字词，但看得懂说话人神情里的羡慕和向往，也跟着和说话人统一了说法，称小毛是艺术家。

不到长假日，很难看到艺术家小毛的身影在村子里晃，他在城里忙着呢，带学生，自己还搞绘画创作。这真够牛气的了，但是小毛对高奶说，跟奶奶比，我是条毛毛虫。尽管嘴上说：有这么白净好看的毛毛虫么？但高奶爱听小毛的话，遇见小毛能安静地待在自己身边一会儿，高奶忍不住打问孙子在城里的营生，高奶从小毛嘴里又逮住几个鲜词，但还是没懂那些字词的真正意思，这越发让她对这个孙子刮目相看。回头心下一琢磨，高奶发觉这个孙子的心性跟自己真是有几分相像，越发在心里生出一份对小毛隐秘的疼爱。

新民居规划委员会的委员们再次到高奶院子的那天早上，小毛也奇迹般地出现在高家门口。笑嘻嘻的小毛还带回个红头发乌眼珠，让高奶辨不出是外国人中国人的年轻姑娘。高奶的第一个动作就是把小毛扯到背僻处。得知那姑娘不是未来的孙媳妇，高奶才算松了口气。慢慢返回人群，招呼人从树上摘枣子给小毛和红发姑娘吃，站在人群边听他们七嘴八舌地发表对自家院落的修建规划。

小毛和委员会的看设计图纸，然后丈量，再然后，小毛笑眯眯地告诉高奶，奶奶喜欢的枣树和碾盘都能包进未来新盖的院落里。只是这样，他家就距村子要修的道路终端多出三米，这三米的路，村子负责修，但钱得高奶家出。高奶听说，又急了，小毛还是笑嘻嘻地说，修路的钱他负责出，他还说，对艺术家奶奶要尊重些，宠爱些，不就是三米路的钱么？哪能和奶奶的价值比？小毛左一个价值右一个价值，把高奶心里说得糊涂的、又甜蜜蜜的。但是她又片刻清醒，问三米路到底需要多少钱，小毛说，没多少，他在城里少喝几顿酒就够了。高奶这下总算放了心。问小毛咋有能耐把树留下，小毛眨眨眼睛，说自己小的时候在院场边玩，差点掉下沟崖，是那棵枣树伸手揽住了他，哪能砍救命树？这不就跟要命一样么？高奶说，又说故事，你小时候的事，我都不记得，你就记得了？

但是小毛回来的这天，高奶怎么着都是高兴，高奶高兴了就有两个爱好发挥，一个是唱信天游，一个是剪纸花。

打碗碗花花就地地开
你把你那白脸脸掉过来

你白萝卜卜胳膊水萝卜卜眼
你瓜子仁仁舌头海棠花花脸
你白格生生脸脸苗格溜溜手
你红格盈盈口口亲不够
……

年轻的歌在苍老的高奶的演义里，像是回忆，像是倾诉。

一张艳红如火的剪纸。在高奶低缓婉转的信天游伴唱里，在她剪刀的折叠弯转中出世。一层层展开，就见一棵硕大的树冠覆盖了画面上方，树上繁花压枝，枝上有鸣叫的鸟，树下，两个老汉正在对火，远处有一条狗正往这边来，小鸡在一老汉腿间啄食，一扇木格窗子刚打开，一个妇人正探头向外看。

高奶的这幅剪纸打动了小毛带回来的红发姑娘，她给高奶手里塞进簇新的五百元钱，要买那幅剪纸，红发姑娘的举动让高奶脸上现出少女才有的羞涩，红发姑娘的举动让她有点惊喜，有点惶惑，她不知道是接她的钱还是拒绝她好。确实，活到今天，第一次有人给高奶的剪纸付钱。剪纸村里大多数人都会，虽然都说高奶的剪纸格外好看，剪啥啥就鲜格灵灵地活，但那也不过是鸡群里站着只鹅，没啥惊讶人的，高奶想。可不都是谁想要，喊一声高奶，高奶就寻思要的人的心意，折纸，开剪。慢慢铺展开，耀亮看花人的眼。拿走吧。总是这样的。

但是今天，高奶向外推让的手只是一伸，就又缩回了，毕竟这一瞬间，高奶感到了钱能带给人的愉快，何况那钱是自己赚来的呢，何况那姑娘递钱的样子满是诚恳，生怕自己不愿意似的。这时就听小毛在一旁说，收了吧，奶，放在城里，这纸花，贵着呢！高奶苍老的满是青筋的手攥着那卷簇新的纸币，忽然对自己有了模糊的新的认知。像是有点惊讶，有点欢喜，还似乎有点茫然。多奇特的感觉啊。是不，高奶？

一个村庄的变迁

〇苇　子

罗家宅村分为两个部分，南部的人村和北部的畜村。

这样讲可能有点儿费解，说白一点儿吧，罗家宅村的人不喜欢和牲畜同住一院，便一家挨着一家在村北的空闲地给牲口盖了房子。

当然那房子和人的房子是有区别的，房子很矮，院子很小，大门是用来钻的，不能光明正大地行走，尽管畜生有居住的特权，但到底还是寄人篱下。大多数情况下猪、牛、羊合伙居住，牛因为个头大，更加上在传统农耕中的历史地位，自然是一家之主，肯定要住正房，猪和羊当然也不能同等对待，价钱在那里摆着。南边是一堵不高不矮的石墙，这样既阻挡了牲口的外逃，又有利于采光。

实际上，牛和羊都是拴在桩上的，唯独那猪东嗅嗅西拱拱在小院子里悠闲地逛。石墙就是用来阻挡这猪的。

因为这样，罗家宅村的院子里就格外干净，不似别的村子，牛屎猪便羊粪球弄了个满院子，夏天一来，满院里都是闹哄哄的苍蝇。

村人在院里种植了各种花草，春夏秋三季花香不断。

外村的亲戚来过一回羡慕一回，羡慕一回叹惋一回，叹惋一回就把头摇得像拨浪鼓。

人家罗家宅村人畜分居的传统从明朝初年建村开始就具雏形，绵延几百年，日趋完善，哪是一朝一夕的事！

人一日三餐，畜没这待遇，一日两餐倒也满足。

早上和傍晚，家庭主妇挑了料草和猪食去北部的畜村，那简直就是一道风景，罗家宅村独有的风景。赵嫂子，大柱娘，国营妈，五奶奶，庆子嫂，王六子家的……一个个妇人笑吟吟地一边给畜生添料，一边和邻居拉着家长里短婚嫁丧娶的话。

牛沉闷地咀嚼，羊轻佻地咀嚼，猪粗糙地咀嚼，三种咀嚼声混合着妇女愉快的谈笑，起起落落在罗家宅村的早上和傍晚。

事情是从这个下午开始的，大柱娘发现自家畜圈墙头上的两块红砖跑到了国营家的畜圈墙头上了。大柱娘认得自家的砖头，前年盖房子剩下的，因为搁在家里绊脚就弄到圈里加了一层墙高。那确实是昨天晚上国营娘挪过去的，因为她发现畜圈墙上有个洞，担心半夜里进老鼠偷吃猪食。大柱娘二话没说就把两块红砖挪了回来。因为气愤，这天下午大柱娘没和国营娘搭话。

可是第二天下午，砖头又跑回国营家畜圈的墙上了。

国营娘为什么认准了大柱家的砖头挪呢，因为几年前，大柱娘借了她三毛钱打酱油，一年两年过去了，钱烂在大柱娘肚子里，国营娘的心里却有本明细账，可区区三毛钱挑明了要又着实开不了口。

大柱娘指桑骂槐了一阵，国营娘走后大柱娘不但将砖头挪了回去，还将人家牛槽里的料草一起挪到了自家的牛槽里。

大柱娘就是从这天下午开始偷国营家的料草的。国营娘看着一天天消瘦下去的牛，心里直犯嘀咕：每天的料草那么多，还不够它吃？莫不是病了？

国营娘叫男人牵牛去兽医站看了，回来说：营养不良，没其他毛病。

国营娘就将料草从干花生秧换成了新鲜稻草，可牛却丝毫没见好转，还是一路消瘦下去。那天国营娘瞥见大柱家牛嘴角粘了一根新鲜稻草，突然一下就明白了。

这个傍晚国营娘添完料草就到不远处猫了起来，果然看见大柱娘旁若无人地跳进她家牛圈里抱走牛槽里的料草喂自家的牛。

第二天早上，大柱娘意外地发现自家的牛被什么弄伤了腿，流了一夜的血，还没等他们往兽医站送就断气了。

大柱娘闭严实门窗痛哭一场，她虽心知肚明，可表面还装做若无其事，和国营娘该说的说该笑的笑，丝毫不提自家的牛。

国营娘愧疚了一夜，直到第二天发现自己家的牛不翼而飞，心就霍地一下明朗了。

国营娘和国营爹商量了大半夜熬了大半夜，直到村人睡熟了，才跳进大柱家的畜圈里，可那个圈早就空空如也了，大柱家是有备而来的。

国营娘吃了天大的亏，怎么能空手而回，她和男人商量一番，就偷了隔壁邻居庆子嫂的牛。庆子嫂发现牛丢了后也没声张，隔夜赵嫂子家的牛和羊便全丢了。赵嫂子又偷了五奶奶家的牛和羊，五奶奶的孙子偷了王六子家的牛、羊、猪，王六子偷了小嘎子……

似乎是断了线的项链，珠子一下就乱了套。

被偷的人家哪里愿意吃亏，想方设法地偷，没被偷的人家就都不敢把牲畜养在村北，连夜赶回了家里。那一夜就听到罗家宅村鸡飞狗叫，来了一场大迁移。

可是回到家里的牲口一个夜晚就将那树、那花、那草全啃干净了，次日一早人们看到院子里百花凋残，这里一摊，那儿一堆，牛屎猪便羊粪球。

罗家宅村再没有特别的地方了。

老　瓦

〇李世民

我在刑警队干了十年，还是头一回遇见这样的事情。

那天晚上，我带领民警大刘和小姜，去抓捕一个名叫老瓦的犯罪嫌疑人。老瓦是个民工，老家是安徽的，就在万紫花园工地上做瓦工，听说老瓦的瓦工手艺不一般，而且人也长了一副瓦刀脸，至于其他的我们并不是很了解，甚至是一个月前，我们根本不知道这个城市里有一个叫老瓦的民工或者是叫老瓦的人，只是最近，万紫路上接连发生了多起抢劫单身女子的案子，我们才把老瓦划进了圈子。就在当天下午，我们化装成看房子的业主去了工地，虽然没见到老瓦本人，但已经摸清了老瓦的具体住处，也就是说，抓捕老瓦，我们胸有成竹。

我们想办法进入工地的时候，已经是深夜了。我们发现，多数民工的住房里都熄灯了，只有老瓦的那间屋子里，还亮着灯——微弱的灯光。或许，老瓦晚上有不关灯的习惯。乘着夜色，我们悄悄摸近了老瓦的门口。

我们没有料到，老瓦的屋子里有人喝酒。

老瓦住的屋子在四楼，是工地上正在建设中的楼房，既没有粉刷，也没有装门窗，屋子中间摆着一张简易的木桌子，坐在中间的那个年轻人，果然长着一副瓦刀脸。春夜里的风，还带有几分寒意，从后面的窗口，穿过前面的门，让人禁不住打战：连老瓦算上，总共六个人。

他们面前，有了一堆鸡骨头和几个空酒瓶。说不定，是老瓦请他们喝酒；说不定，是他们请老瓦喝酒。或许，他们中间，就老瓦一个人身上有事；或许，他们身上全都有事。

黑暗中，我朝大刘伸出中指，又伸出三个手指，然后拍拍腰部。我的意思是：①中间的那个人就是老瓦，中心人物；②他们是六个人，我们只有三个人，不好对付；③他们身边有铁锹和木棍，说不定身上还有武器，而我们，只有我带着一只空枪套。

大刘不愧是大刘，每次行动配合得都很好，他马上明白了我的意思，点了点头。

就在这时，老瓦突然站了起来，朝门口走来，也就是说，老瓦是朝我们这边走来的，老瓦走路的时候，摇晃着身子，像一只吃饱了的鸭子，显然，老瓦是喝醉了。

躲闪已经来不及了，我和大刘小姜三个人就势伏在了地上。

老瓦走到门口时，突然停了下来，老瓦一手扶着墙，一手朝裤裆里摸索了一阵子，然后哗哗哗地放起水来。老瓦放了一阵又一阵肮脏的水，溅了我们一脸还有一身，说不定还钻进了耳孔和鼻孔里。

让我们松了一口气的是，老瓦提溜提溜裤腰，又摇晃着回去了。

老瓦重新坐下来，挥了挥手说，喝——接着喝，反正这酒没花钱。剩下的五个人也挥舞着手附和说，喝，接着喝——

我们都恨得咬牙切齿，我们当然明白老瓦的意思：买酒的钱，是抢来的。

老瓦继续张牙舞爪地说，喝……分班喝，我们三个办过事的一班，你们三个没办过事的一班，谁——谁输了，谁就去办事，弄了钱——再喝——

老瓦的话，居然比我这个当队长的还管用，果然，六个人分成了两组，面对着面，三星兆月四季发财地猜起拳来。

我观察了一下现场，此时的局面对我们非常有利，屋子里的铁锹和木棍，在三个没办过事的民工后面，而老瓦他们，也就是三个办过事的后面，什么也没有。我朝大刘和小姜暗示，时机成熟了。

没想到，此刻老瓦狠狠地喝了一碗酒，突然站了起来，从腰间摸出一把匕首，撂到了桌子上。老瓦对身边的两个民工说，这是老瓦喝酒的家伙，你们的也拿出来看看。两个民工也学着老瓦的样子，分别从腰间摸出一把匕首来，撂到了桌子上。老瓦把三把匕首托在手中，晃了几晃，忽地一下子扔到了床底下，老瓦咬牙切齿地说，下一次，老子不用这家伙，照样能弄来喝酒的钱，信不——

老瓦的话还没有说完，我和大刘还有小姜就冲进了屋子，咔嚓咔嚓就给老瓦还有两个办过事的民工戴上了手铐。到了刑警队，三下两下，老瓦他们三个就交代了多次抢劫的犯罪经过。

我们的这次行动，受到了领导的表扬。

后来，在看守所提审老瓦时，我轻声问老瓦，那天，你为什么要配合我们?

老瓦低着头，轻声说，本来，我凭着自己的瓦刀，是能喝到酒的。

我表情严肃地问：老瓦，你怎么所答非所问呢，我问你的是为什么要配合我们?

老瓦表情严肃地回答：最后一次，我没参与，没想到那两个孬种，抢的是我妹妹——

老瓦的话还没说完，泪水就流了出来。

刘纪检

○汤其光

别人官都是越当越大，刘长学不是。

刘长学本来是镇党委委员，51 岁那年赶上镇党委换届，两位年轻候选干部的各方面条件都很好，可只有一个进班子的名额。为取谁舍谁？镇党委书记老王那几天牙痛似的皱着眉头犯难。刘长学见书记那样，笑了笑："老伙计愁个啥，由我再给年轻人腾个位不就结了。"

书记老王听了先是一喜，继而又摇摇头："不行不行，你年龄还不到呢。"

"该给年轻人让路就得让路，我真的想好了，这次坚决让，你要是不同意，我可就在选举那天会上说了。"见书记紧紧地握住自己的手，刘长学轻轻地抽开，一脸笑意继续说："对了，如果组织上信得过我，我还干我的老本行纪检吧，以前干几十年都干顺溜了，再说每月还多60 元的补助呢，正好贴补家用。"

于是，刘长学又回到了原来的位子，重新当上了镇纪检委员。选举后的当天，两个新当选的党委委员把他请去喝了场酒，专门表达了敬意。席间刘长学不一会儿便喝醉了，嘴里一个劲儿地说："你们俩就是咱镇的希望，好好干，好好干就行……"

老伴儿来找他回家，说怎么喝这么多，眼睛都喝红了，怎么还泪汪汪的？他冲老婆手一挥，吼："胡扯个啥呢！"

基层就是这样，分不那么细致。纪检部门同时还担负着信访的职能，叫一个屋子两个牌子。因此，他和另一名新分来的办事员小张工作就显得特别忙，接访、记录、呈批、查案、回访环环相扣，自然每天都从早忙到晚，久了老婆就埋怨："积极个啥，连家里责任田都不要了，打不出粮食，全家老小靠你每月那仨核桃俩枣，喝西北风啊！"刘长学一把扳过老婆的肩膀，有些嬉皮笑脸道："夫人别气，咱不是每月还比别人多拿六十块钱吗？"

偶尔闲暇，刘长学就常给小张讲些自己的往事，特别爱讲他初干纪检委员那会儿的事。没有辉煌，全是自己的工作失误和惨痛教训，每当讲到失误的时候，他就眯起眼，猛吸一口烟，一脸凝重地把自己笼罩在烟雾下：

"小张，是个教训啊，是个惨痛的教训。所以以后我们要认真，要严谨，一定要办成铁案。"

有时同一件事情刘长学会多次地讲，小张便笑，说讲过了。他听后便也笑，挠下头，有些不好意思说："瞧我这记性，不过那次真是个教训，你要记牢，记牢！"

一个村干部因贪污救灾款被摘了帽子开除了党籍，案件是小张主办的，办得干净漂亮。可结案没几天，回访路上的刘长学和小张便遭到了暗处袭击，在一块砖头朝小张飞来的瞬间，刘长学推了小张一把……

医院里，刘长学望着抹眼泪的老婆嘿嘿笑了笑说："看，除了破点皮，屁事没有，回吧。"老婆走后，他冲前来看望的书记老王挤了下眼说："人抓住了吧，狗日的是谁？这回可真是有点儿悬！"

书记老王眼一热，说出的话却是："抓住了，就是你们才查办的那个人，算你老家伙命大，给我好好躺着休息，这回医院没开出院通知再擅自跑回家非处分你不可。"

几年后，经常能看到一名退休的老人骑辆三轮车上街赶集，精神矍烁，车上坐着他的老伴儿一脸幸福，认识的村民见了老远就喊："刘纪检，刘纪检停下来歇歇脚啊！"

老伴儿捅捅他："喊你呢！"

"知道。"他继而放开嗓子，"不了，下回再好好聊。"

十年流水账

〇黄克庭

常常想起一个人。

这个人姓常，名见真，原先是乡下某中学的一名老师，退休后定居于城区的祖房里。此人右眼天生只有左眼一半大，平时只开右眼，说是为了让其多用而变大，可他努力勤睁右眼一辈子，也没能明显缩小两眼的差距。

他的摄影技术并不好。在我主编的版面上，每月我会照顾性地发他一张照片。他很知足，心里也知道这份情，每次相遇，他总是很热情地呼我“黄老师”，尽管他的儿子要比我大10岁。

我曾很认真地问过他，拍了那么多照片，光冲印照片就花光了他的退休金，拿回的稿酬还不到花销的百分之一，做如此大亏本的买卖图个啥？对此，他很认真地答复我：钱是身外之物，能图个身体好心情好就很划算！东走走，西逛逛，哪里热闹就往哪里凑，日子过得很舒坦，原先的七痛八痛就渐渐少了。他说，儿女两个很争气，大女儿办了一家大工厂，常常拿钱给他；小儿子在美国工作，也常常给他寄点美元。

那天，我到市中心医院看望因车祸住院的同事陈某，在病房里竟意外地遇到了常老师。常老师不是去看望我的同事陈某的，而是比我同事早25天就住进这个病房里。我这才依稀想起已经有多天不见常老师来报社了。

常老师确实瘦多了，缠着白纱绷带的右眼格外刺眼。

我问常老师怎么受的伤。

他努力睁开闭惯了的左眼说，性格即命运啊！性格不好，所以命运也不好！

细谈中，我终于明白了事情的经过。

出事那天，常老师应校长邀请回到了阔别10年的乡下学校。校长说，你是学校的老教师，经常在报上发表作品，怎不给我们自己的学校宣传宣传？常老师说，他对自己任教36年的学校没有好感，所以退休后从未回去看过。这次突然接到校长打来的电话，有点儿激动——或许是鬼迷心窍吧，竟然一下子就答应了。

我问常老师，教了36年，可谓一生心血都奉献给了学校，怎么会没有好感呢？

常老师凄然一笑，告诉我：他原本住在学校自来水塔边上的实验楼里。实验楼不大，只有一层，共4个教室。其中两个教室是给学生上实验课用的，另一个半教室是用来放置教学仪器的，剩下的半个教室用薄木板隔开给常老师当宿舍。实验楼在学校的西南角，地处偏僻，就常老师一人住此。自来水塔是常老师退休3个月前才建好并投入使用的。有了自来水，大家都很高兴，因为以前洗脸刷牙洗衣蒸饭全要自己动手取井水。有了自来水，问题也来了。最大的问题是浪费，一些人在刷牙、洗衣时不关水龙头，水哗哗地流，让人心疼！为此，校长在大会小会上从不吝啬口水。领导重视，效果当然就好！学生教师这头，浪费情况堵住了，可常老师发现，更大的浪费在水塔这边。只有人开抽水电闸，却没人及时关电闸。除用水高峰期外，特别是晚上无人用水时间，水塔上面的溢水口老是冒水，常有“庐山瀑布”之景观。为此，常老师没少向校长报告，校长也没少向管自来水的刘四发火。后来，事情闹大了，刘四被扣一个月奖金，他扬言要毁了常老师的左眼。常老师被总务主任张二请到饭馆撮了一顿。张二告诉常老师，新招工进来的刘四是教育局局长的外甥，专职管自来水，智商不高，脑子又生过毛病，从小娇生惯养，性格也不好，又懒又蠢，要不是关系户，早就被开除了！校长说了，人也批评了，也扣过了……到此为止吧。一个开关都管不好的人，还能做什么事？总不能将刘四往绝路上赶吧！他可是全校工资拿得最少的人啊，校长以前可从未扣过别人的钱啊！

“我已严厉警告了刘四：只要常老师的毫毛少了一根，我就把你的双手废了！常老师啊，您是德高望重的老教师，总用不着跟刘四这种有靠山没脑筋的小混混去比见识吧？”张二主任的这句话好像一块鸡蛋石，一下子就把常老师的嘴给封死了。

后来，水塔里装上了一根手臂般粗的引流管，溢出的水从管里边流下，很快进入排污涵道，彻底消除了“庐山瀑布”。

后来，常老师退休回家。一别10年，从没回校去看看。

“想不到啊！这次校长要我回去宣传学校的节水教育。校长说，10年前，自来水井只有28米深，现在井深已达158米，可水还是不够用……”

正当校长忙于布置全校师生节水宣传会议会场时，常老师特意去水塔边看看。老远，常老师就听见“哼哄——哼哄”声……常老师走到水塔下，好不容易撬开一块50厘米见方的水泥盖板。

——天哪！10年前那股清澈的流水正从手臂般粗的引流管里欢快地冲下来！

常老师眼前突然一黑，一头栽倒在水泥地上，等他醒来时，发觉自己的右眼已被撕裂……医生告诉他，现在他的双眼已经一样大了。

如今，常老师再也不来报社投稿了。据说，常老师只要听到有人讲节水问题他就发晕，他甚至见不得像流水一样的印刷报纸的现代化程控机器……

不会再来报社的常老师，我却时常会想起他。

白天夜晚

○李培俊

白天。

她左手提着小铁桶，右手拿着刷子，在市政广场那几条街道上转悠。铁桶是用0.75的铁皮包成的，不大，小巧玲珑而又精致非常。她细碎的脚步走动的时候，铁桶里的涂料便发出哗哗啦啦的声响。在市政广场中央的雕塑前，她停下了脚步。

这是一尊名为《母亲》的雕塑，端庄慈爱的母亲袒露着丰腴的乳房在给孩子喂奶。现在，母亲的胸脯上被喷上一条办证的手机号码。那一长串号码像黑色的锁链横亘在两个乳房之间，胡喷者匠心独运，用最后那个0套住了母亲右边的乳头，显得刺目而又张扬。

她脸红了一下，暗地里骂了声“不是东西”。刷子在桶里蘸上涂料，用浓稠的乳白压住了那一长串手机号码。她知道，要不了多久，这种特制的涂料便会和“母亲”融为一个整体，看不出什么了。

今天，她已转了八条街，覆盖了近百条这样的小广告。这是她分管的地段。主管局长不止一次告诫过她，市政广场是人员稠密的地方，如果有一条小广告没有刷掉，她将被扣去当天的工资。她不想挨扣，那20块钱不是工资，是母亲的医药费，是她的房租，是菜钱，是米粮钱。

八条街刷下来，街灯也就亮了，城里人享受过热腾腾的饭菜，坐在电视机前欣赏电视节目时，她提着小铁桶，拖着疲惫的身子回了出租屋。瓶里的开水是早上灌的，泡出来的方便面半软不硬，大口吞咽下去，腿一伸，躺倒睡了。睡前她还忘不了骂一阵胡喷们：这些人，应该逮住一个枪毙一个！

夜晚。

草草吃过晚饭，他站在街边上看城里女人。看到接近11点，街上渐渐没了人，他知道自己该出动了。从床下拿出喷壶，灌满了墨色的化学溶液。这是他挣钱的装备，从喷壶小嘴里喷出的线状体，涂到墙上，两毛钱就到手了。他一晚上可以喷100条小广告，可以挣到20块钱。他往喷壶里加足了气，按动手柄，试过喷射力，他满意地笑了。按照老板分工，他的活动区域是市政广场一带。

这碗饭他已吃了两年，修炼得技艺娴熟，动作轻灵，手过之处，一条条的小广告便蛇一样附着在墙上。他专拣白天刷过的地方喷，那里白，醒目，招人眼球。喷一条，他在心里默念一声两毛，再喷一条，再念一声两毛。当夜任务完成，他对着墙上的杰作偷偷笑了，他想，够那个提着小桶疲于奔命的傻娘们忙一阵子了。我喷你盖，你盖我喷，两人像在玩游戏，一种旷日持久无休无止的游戏。

她和他终于见面了。

那天晚上，下班后啃了两个剩馒头，喝下去一肚子冷水。11点钟了，她肚子疼得厉害，强忍着到附近的小诊所拿药。路过市政广场，她看到了正胡喷得起劲的他，她大吼一声扑过去，一把抓住他的领口说，走，跟我到派出所去！他扭回头，笑了，暗夜里露出一口洁白整齐的牙齿。他说，是你？她一愣，说，我不认识你。他说，可我认识你，清除小广告的。她仍余怒未息，说，你们这些人也太不讲公德了，害得我们……他截断她，说，害你？你不要弄错了，是我们给了你饭吃。他接着问，你家有电脑吗？她说没有，我一个临时工哪来的电脑？他说，你想想啊，如果没有电脑病毒，那些研究防毒软件的人吃什么？

不知怎么的，两个人就谈上了恋爱，搬到一起去住。这是一对十分奇特的组合：一个上夜班，一个上白班，一个晚上胡喷，一个白天去刷。

日子慢悠悠地过着，慢悠悠之中，他就病倒了，吊了三天水，又吃了三天药才见轻，可他还是浑身无力，干不了活。陡然间县城靓丽起来了，靓丽的县城便不再需要她了。辞退她的那天晚上，她很伤心，她不知道还能不能找到工作。他抚着她的肩膀，安慰她说，别怕，我会让你上班的。说着，他从床下拿出喷壶上街去了。

第二天中午，城管找到她的租屋，说，你现在就去上班，还负责市政广场那一块。

采访刘晓丽

〇鞠志杰

那次是跟市电视台的三名记者一起去采访全市文科高考状元刘晓丽。

车从市区出发，行驶了两个多小时才到了刘晓丽的家。敲门进院，见刘晓丽正和姥爷及舅舅在拾掇园子。“种的是什么?”电视台的同行张辉问。“一点土豆还有一些茄子。”刘老汉笑呵呵地说。然后停下手中的活，把我们让进屋。

炕上坐着刘晓丽的姥姥，因为腿脚不好，下不了地。

采访开始进行，通过刘晓丽及姥姥姥爷的叙述，我们知道了刘晓丽的身世。原来，刘晓丽生下刚七天，就被父亲送到了姥姥家，因为她已是父母第三个女儿。刘晓丽的舅舅是个哑巴，还有癫痫病，娶不上媳妇，就当刘晓丽是女儿，悉心抚养疼爱有加。刘晓丽知道姥姥一家人养活自己不容易，特别争气，学习非常刻苦，一举考了个全市第一。

然而因为家里穷，根本拿不出上大学的学费。

都弄清楚了，张辉他们要拍几个镜头，便把刘晓丽拉到院子里。“你最好要调动一下自己的情绪，懂吗？这样才能让人同情，才会有人帮你。”张辉说。刘晓丽明白，张辉是想让她哭，但坚强的刘晓丽不会轻易落泪。

张辉又引导她：“晓丽，你有几年没见到父母了?”

刘晓丽想了想说：“大概有三四年了，打我上高中住校起就再没见过。”

“你恨他们吗?”

“有什么可恨的，他们也不容易。”刘晓丽平淡地说。张辉一时无语，不知问什么好。

这时，坐在窗台那一直看着刘晓丽的姥姥突然叹了口气：“唉！苦命的孩子啊!”说着，老人家流下了眼泪。老人的叹气和眼泪就像一针催化剂，一下子让刘晓丽的情绪爆发：“这些年，多亏了姥姥姥爷还有舅舅，要是没有他们，我活不到今天!”刘晓丽泪如雨下。张辉给了摄像一个手势，摄像在拉着镜头。张辉如获至宝，还在循循善诱：“那你将来准备如何报答?”

“我一定好好读书，将来找个好工作挣钱，让姥姥过上好日子。”

“可你现在上不了学啊，你拿不出学费啊?”

刘晓丽不语，泪水已经滂沱。

拍完这组镜头，张辉酝酿了一下情绪，又做了记者现场，呼吁社会上的好心人能援助一下这个贫困的农家。末了，还觉得少点画面，想让刘晓丽帮助姥爷和舅舅他们干点农活。可干什么好呢？园子里的草刚锄完，一家人商量着。“你们晚上吃什么?”张辉问。

“吃土豆。”刘老汉回答。

“那就刨点土豆吧!”张辉说。话音未落，爷儿仨就挥锨抡锄刨起了土豆。刘晓丽的舅舅干得最卖力气，摄像也忙个不停，从不同侧面拍摄着一家人劳动的场景。那时才 8 月份，土豆根本没熟透。挖出来的土豆都如鸡蛋大小，这怎么能行？张辉着急地喊停，说挖几个就行了。可老少三口丝毫没有停下来的意思，只十几分钟，就把那一分多地翻了个遍，刨出了两筐土豆。

刘老汉要留我们吃晚饭，张辉说必须赶回去。刘老汉挎着两筐土豆追了出来，说家里没什么好东西，这两筐土豆让记者们带回去，虽然小但很好吃。我们使劲推辞着，刘老汉就是不让，刘晓丽的舅舅也在一旁抓着张辉的胳膊“啊啊”着急地喊着。没办法，张辉让司机打开后备箱，装上了一筐，他们这才松开手露出笑容来。这善良而纯朴的一家人深深地感动了我们。

回去的路上，张辉像是对我又像是自言自语地说：“有些残忍，但不这样没人捐助啊！”我们心里都不是滋味。

第二天，片子就播出了，看得让人心里很难受。不几日，有了反响，一个企业家要捐助10000元钱。我们又跟着过来采访，不过，这回拍摄的重点不是刘晓丽了，而是那个企业家。但看得出来，那个企业家很愿意上镜头，始终面露着迷人的微笑。

民工看球

〇曾　颖

民工钱二果的女儿小莲在捡垃圾的时候，捡到两张花花绿绿的足球票，她在民工子弟学校上过几天学，知道这张票还没有过期。于是，她像平常捡到水泥袋啤酒瓶一样，高高兴兴地交到了父亲的手上，因为那上面印着的80元钱一张的面值，说不定使她在吃晚饭的时候不再被父亲骂为“吃白食的”。

钱二果拿着价值160元的两张薄纸感到有点不知所措。他想，这样一笔钱可以买一百斤大米，几十斤土豆甚至还可以买几斤肥肉的，这些东西足以让他的三口之家美美地吃上一个月，而有些人却把这些钱换成两张薄薄的纸，这真是不可思议的事啊！

就在民工钱二果为怎样处理两张足球票而困惑的时候，工棚里的人们早已沸腾了。这沸腾的成分中，除了夹杂着跟钱二果一样的困惑外，更多的是羡慕，都说小莲运气好，说得满脸都是灰尘和汗水的小莲咯咯地笑。

有人建议拿出去卖，160元卖100元，保证好卖。但马上有人反对，他们认为失主肯定会到体育场门口找，去卖票等于自投罗网。

有人建议拿到小卖部去换东西，小卖部那个小老板经常冲着电视机狂吼乱叫，肯定是个球迷，拿去找他换烟换豆瓣花生和酒，大家可以美美地乐一场。

这个建议大家都说好，但钱二果不愿意。他觉得自己凭什么要让大家高兴而让自己不高兴呢？即便是捡来的东西，总归还要值160元钱啊！

几个后生似乎看透了他的心思，就说："不如这样，你把票给我们，我们帮你捡水泥口袋，我们大家都得点实惠。"

双方约定，至少要捡够价值80元的水泥纸，并请工棚里年龄最大的耿二爷做公证人。于是，4个渴望现代生活的小后生成为球票的新主人。

4个小青年为周末的球赛做了很多准备，他们买了饼干并用捡来的矿泉水瓶装了自来水。由于只有两张票，他们商定一人看半场，就像他们平时喝酒那样，不一定非要喝足，大家尝尝是啥滋味就成了。

一连几天，他们都兴奋地谈论着，甚至在为钱二果捡水泥袋的时候他们都没停嘴，搞得工棚里的人们都说，这几天耳朵都快被足球磨出茧子了。

周末终于来了，球赛在晚上7点40分开场。虽然这一天工地照例加班，但包工头儿看到4个毛头后生眼中熊熊燃烧的火光，于是破例让他们先下班。小后生们一个个欢天喜地，跑回工棚洗了个冷水澡，换上了新衣服，高高兴兴地赶车去体育场。

他们到达体育场时，这里已是人山人海了，很多人身上插着旗，脸上涂着油彩，像在跳大神，还有很多人高举着彩旗在狂吼。经过猜拳定出输赢，两个幸运的后生先进去。他们在另外两个后生的要求下赌咒发誓，保证看完一半就出来再让他们进去。

上万人在一起喊叫真是过瘾。开场了，两支足球队在场上厮杀，由于没有望远镜且不懂规则，他们只是觉得几十个人在场上乱跑，一个球在四处乱蹿。看台上，纸条在乱飞，彩旗狂舞。人浪一圈一圈地飞转。想着这巨大的人浪是由花80元以上的钱进来的人组成的，他们惊呼着惊呼着，突然就没了语言。

上半场很快就结束了，双方球队交换场地。4个小后生也换了位置。先前进场的两个后生发现，原来，先进场的不是幸运，而是不幸。听着场里一浪高过一浪的欢呼和叹息，他们觉得时间像瘸腿的大象走路般让人难受。

好不容易等到散场。因为今天主队失利了，当初敲锣打鼓的人们显得非常沮丧，一个个拖着旗帜耷拉着脑袋，有的男人还哇哇哭得伤心。在门口等同伴的两个后生觉得他们特别可怜，他们的同伴最后出来，这时广场上的人已经很少了，外面等得不耐烦的两位责怪他们说：“你们要看到关灯才肯出来?”

后来出来的两个后生怀中抱着一大堆废报纸和塑料喇叭，说，这些都可以卖钱，地上还有这么多，快捡快捡，拿去卖了，我们今天的车费就有了……

有车族

○刘国芳

他骑一辆破摩托。

摩托刚买来时，他总带着妻子到处兜风，那时候感觉挺开心的。后来街上汽车多了，这种开心的感觉就没有了，不仅没有这种感觉，还常常受气。比如有一次，他带着妻子横穿马路时，一辆汽车嘎地刹在跟前。车里那人凶巴巴地看着他们说："妈的，骑一辆破摩托到处乱窜什么？"

这样受气的事其实发生过好几次。有一天，他们的摩托被一辆车碰了。幸好没伤着人，只把摩托前板撞裂了。一个满脸横肉的司机下来后，他妻子跟司机说："你要赔我摩托。"

"横肉"说："应该你赔我。"

他说："你汽车撞我摩托车，赔你？"

"横肉"说："你们走错了方向，你们得负责，当然是你们赔我汽车。"

交警来了，也指出他们走错了方向，应该负全责。他们就有些不好意思了，他妻子问"横肉"要多少钱，但"横肉"一脸的不屑，说："你一个骑破摩托车的人，赔得起吗？"

"横肉"再没看他们一眼，开车走了。

这次过后不久，他和妻子去一家大酒店喝酒。到了酒店后，他们找了个空地停摩托。但要走时，一个人大声跟他们说："这地方不能停摩托。"

他妻子说："这里不是空地？"

保安说："这是汽车车位。"

他说："那摩托停在哪里？"

保安说："停外面去。"

他妻子声音也大起来，说："什么？停外面，被人偷了怎么办？"

保安说："你以为你是什么车啊？一辆破摩托，谁要？"

他和妻子就把摩托往外推。路上，妻子忽然跟他说："我们也买一辆车吧？"

他点点头说："不错，也买一辆车。"

其实当时他们并没多少钱，但他们想要车，就会去努力。后来，他在考了驾照后，真买了车，买了一辆三万块的"QQ"。

他们也是有车族了。

开始，感觉很好，他总带着妻子到处兜风，妻子每次都说："有车就是好。"

他也说："感觉就是不一样。"

让他没想到的是，这种感觉很快就没有了。

这天，一个同学打他的电话："李才从深圳回来了，他请我们去红楼大酒店吃饭。"

他说："好哇，我开车去。"

这天中午，他开车去了红楼大酒店。这是一家五星级饭店。他进去后，看见一个车位，要停过去，但一个保安拦住了他，保安说："你的车停那边去。"

他说："这儿不是有一个车位吗？"

保安说："你最好还是停那边去。你知道旁边是什么车吗？那是一辆宾利，要300多万，万一擦了，你赔不起。"

听说那车300多万，他真不敢开过去。

不久，几个同学来了，几个同学都懂车，一个同学指着一辆车说：

"这是一辆宝马，还是七系的，要100多万！"

另一个同学说："这是一辆奔驰600，要200多万。"

又一个同学说："这辆是奥迪A8，也要200多万。"

他还记得保安说的那辆宾利，他指着那辆车说："听说那辆是宾利，要300多万。"

同学这回一起说："这是一辆宾利呀！"

那个跟他打电话的同学，知道他开车来，问他说："你什么车啊，开来了吗?"

他不知道怎样回答了，吞吞吐吐了半天，他说："我没开车来。"

这天吃过饭，他没有开车回去，他不敢当着同学的面把他那辆3万块的"QQ"开回去。

到了晚上，他才悄悄把车开走。

开往梅陇的地铁

○韩昌盛

我要去的地方是梅陇，我要去打一场官司。

所以早晨乘坐公交车时，一手拿着油乎乎大饼的弟弟挥着手，别坐744，坐58路，图个吉利，一定能打赢官司，上海是大城市。我当然知道上海是大城市，就连这地铁也通亮而干净，令人赏心悦目。

我是站着的，地铁里人太多，不过他们不急，拿一张报纸悠闲地读着。我伸头想借机看两眼，可这个优雅的女士很快把报纸换了个方向，也许是一个姿势站累了。我只好也把头换了个方向，去看一位先生的报纸，大概七八秒钟，因为我只看了标题：城市与民工同行，扫射一些内容，报纸又转向180度。方向与头同步，上海的地下，报纸拒绝与我同步，我心里写下这两句诗，很平淡。一个小姑娘，抵抵我的胳膊，递来一张报纸，她的妈妈向后一带，报纸掉了。我微笑，弯腰，然后说谢谢，声音很大。

第二天，我仍然没有拿报纸，因为我要办很多事，亲戚还在医院与时间赛跑，那个老板拒绝见面，我要准备讲很多的话，这也是大家推举我来上海的原因，说我是教师，每天都讲很多的话。所以到了下一站，我找了一个座位，我需要休息，需要准备，准备去说许多的话。车上很拥挤，因为又涌上来很多人。既然我不想看报纸，那就看人，看到了衣装洁丽的白领，着装休闲的男生，还有几个外国兄弟，我还是微笑了一下，这是国际形象问题，我对自己说，尽管我心情有些失落。马上有一个白皮肤的兄弟向我摆了摆手，夸张地笑了一下。于是我示意身边的一位老人坐我的座位，他迟疑了三秒后才落座，又停顿了五秒钟，问我，“你是打工的吧?”我点点头，我准备他再问就给他说我来上海的事，我需要先锻炼一下自己，说要去打官司，甚至想象他就是一个能管到这案子的法官。但老人闭目休息了，一直到梅陇，我有些失望地看了他一眼，他还是闭着眼睛，我只好揉着肩膀走向地面。

我的肩膀比较酸疼，这是晚上睡在宝山一间民房里的两把椅子上留下的后遗症。但我还得坐上一趟开往有着好听名字的梅陇的地铁，进行一场艰难的穿梭。我拿了一张报纸，站在中间，周围的人都稍稍避开我一点距离，我看了看自己，衣服变了些颜色，鞋子看不出颜色。手机响了，告诉病人的钱没有了，这是一个危险的信号，没有钱就不能治病，不能治病就意味着不好的事情发生，我开始烦燥，内分泌开始失调，几天来没有结果的奔波加速失调。我扔掉报纸，报纸从众多大腿间掉下去，竟然顺利落了下去，几只脚向四周趔了趔，这是一种暗示，拥挤的地铁上竟然可以允许一张报纸大的空间。我又使劲踢了一脚，报纸被卷了半截向前移了半步，碰到前面的脚停止了，脚上的身体向我看了看，又移动了。我想这是一个办法，空间是踢出来的，不是说出来的。

于是我准备积蓄力量，从脚到腿，从腿到丹田，我准备气贯长虹，意志坚决地去摊牌，比如静坐，比如绝食。为了验证，我又踢了一脚，报纸前移了半步，周围的腿又移了半步。我感到一丝快意，周围的人都看着车顶，不看我，可惜这种快意没有维持多久，有人拍了拍我肩膀，很酸疼的肩膀，我考虑要不要给他一个回击。你好先生！是很生硬的汉语，是那个白人兄弟。我挤出一丝微笑，毕竟人家不远万里来到中国。

我可以问你一个问题吗？他微笑地看着我。

你不喜欢读书吗？

喜欢。怎么能在老外跟前丢面子。

他点点头，那你能告诉我那上面是什么意思吗？他指的是车窗上面贴的标语，“勿以恶小而为之，勿以善小而不为。”

我说，不要因为小的好事就不做了，也不要因为错误细小就去做。

那为什么有可以做和不可以做的区别呢？他认真地问。

这个洋鬼子！我告诉他丢弃了小善你就丢弃了善良的种子，做了小的坏事就埋下了仇恨的种子。

先生，你是一个读书人，怎么会不喜欢它？他指了指地上的报纸。

我突然有些发烧，弯下腰，拿起报纸。我伸伸腿，踢了一下，“刚才是因为”我指指脚，“太疼了，锻炼锻炼。”他突然严肃起来，竖起拇指，你像一个诗人。我有些莫名其妙，我？他点点头，指指我的脚，你很有创意。

我的脚？我低头去看，鞋底赫然有一个洞，黑黑的脚底直接显露出来，怪不得总感觉前低后高。我讪笑着，比画着，这是和土地亲密的接触。他夸张地拥抱了我一下，好诗，就像那上面的诗。我知道，车窗上面都是一些闪光的句子，能照进人的心灵。

梅陇站到了。我从上海的心脏走出来，一步一步接近大地，我的脚亲密地吻着大地，真实而生动，一个孩童搀着妈妈的手，幸福地行走着；还有一个老人推着轮椅，安祥地走过街道，他们同样真实而生动。我决定要说很多很多的话，直到他们点头，跟我上课一样，精彩而且精当。

手机震了一下，是一条短信：已从危重病房转出，勿挂。真的，很重的心忽而轻松了，这比什么都好。于是，我脱掉鞋子，远远地扔出去，赤脚走在梅陇的土地上。地很热，阳光很灿烂，我的嘴也开始炽热，想说很多很多的话，比我在课堂上的要真实、精彩。脚却很温暖，和心情一样，和那班开往梅陇的地铁一样，因为它们都在大地的心脏中行走。

这也许就是个神话

○秦德龙

白专员回到了阔别30年的山南县。韩县长特设盛宴款待老领导，天上飞的，地上爬的，水里游的，应有尽有，一桌子鸡鸭鱼肉，勾得人口水直流。

然而，白专员却对这些不感兴趣，甚至说了些微词。白专员说，老鳖汤不能喝，因为老鳖喂了避孕药；鸡子也不能吃，因为养鸡场给鸡喂了增肉精；绿黄瓜也不能吃，因为它是塑料大棚里的反季节蔬菜……

听白专员这么一批讲，酒宴就不好进行了。韩县长只好带头动筷子，给白专员夹了几道没受过批评的菜，又说了几个笑话，提升欢乐的气氛。

白专员还算给面子，说归说，吃归吃，并没有罢宴。白专员喝着酒，动情地讲述了自己与山南县的30年情谊。30年前，山南县是白专员的工作联系点，一年四季，人们总能有几天看到白专员的影子。农村工作看上去简单，其实却很复杂，传统观念根深蒂固，农民多是抱着葫芦不开瓢。有一年闹鼠灾，白专员从地区弄来了一批特效老鼠药，免费发给农民。可是，农民却把老鼠药退回来了，宁肯使用陈旧的鼠笼、鼠夹子。还有一年，推广化肥，农民拒绝使用。农民捏一撮放嘴里尝尝，味道很不好。农民说，味道这么臊，庄稼能吃得进吗？于是，把化肥倒掉，化肥袋子拿回家染黑，做裤子穿了。那时候，很多农民都穿过化肥袋子改制的裤子，尽管染黑了，屁股上的“尿素”、“毛重”等字体，依稀可见。

追昔抚今，白专员不胜感慨。韩县长不住地劝着酒，同时，命人悄悄换菜，撤下了鸡鸭鱼肉，换上来一道道鲜亮的农家菜。白专员夹了几筷子，很是爽口，问韩县长："哪来的农家菜？味道真香！"

韩县长说："咱县有人专门弄这个。老领导若是感兴趣，可以去看看。"

白专员笑道："要看，要看！就冲这绿莹莹的农家菜，咱就得去看看！"

酒席过后，韩县长请白专员上车，往乡下去了。

车窗外的青山绿水，白专员是很熟悉的。当年，一次次走过的山路，牵扯出一缕缕难忘的情思。

车子停在一个小村庄的村口，早有一群乡亲在大树下恭候。现在，消息传递得很快，一个电话打过来，村里人就知道上级要来"调研"了。

白专员下了车，竭力辨认着村庄的模样。也许，是自己真的老了，竟想不起这个似曾相识的村庄叫什么了。有个老汉扬着笑脸说："白专员，走了多少年了？把俺忘了？"

白专员望着这张笑脸，努力地回想着，却怎么也想不起来对方是谁。

老汉还在笑："想一想嘛！当年，是谁把老鼠药给你背回去的？拒绝使用化肥，又是谁挑的头？是我嘛！你派人把我抓到公社，要把我打成坏分子呢！"

白专员脸一红。想起来了，面前的这个人，外号叫老黑。白专员伸出一双手，紧紧地握住老黑说："老黑哥，委屈你了！"

老黑说："受点委屈算啥？我保住了这一方水土！老白，你看看，只有我们村的土地，没有受过药水和化肥的污染！若是当年听了你的话，早完蛋了！"

白专员的耳根一阵阵发烧。韩县长在一旁说，这个村，是县里唯一的绿色村庄，中午吃的农家菜，都出自这里。就凭着这个优势，村里已经脱贫致富了。

“真是个现代神话啊!”白专员感叹不已。

老黑说:“可不是嘛,当初若是不敢当反面教材,哪会有今天的神话?!”

我爸爸想当局长

○乔　迁

我爸爸想当局长。

这话是我儿子说的。我儿子7岁，正是童言无忌的年龄。我儿子说这句话不是在家里，而是在学校里，跟他们班好几十名一样天真的孩子说的。具体是怎么说出来的，已无从考证，但是“我爸爸想当局长”这句话千真万确是从我儿子的口中说出来的。

我儿子不知道，他的这句话，会给身在机关单位里的我带来怎样的麻烦。

我儿子的同学的父母亲们也有不少在机关里上班的，我儿子的同学把我儿子的话捎回家里，天真地送给了他们的父母。我儿子的同学不会想到这句话给他们的父母带来了怎样的窃喜和心灵撞击。当然，被撞击心灵的都是如我这样想当局长却当不上局长的。

窃喜的不过是喜爱看别人遭受打击或趁机落井下石的人。不管哪种人，都不会对我儿子这句话毫无反应的。因此，在我儿子宣布了“我爸爸想当局长”后，一阵风似的，整个机关里都知道了我的想法。当然，这种想法跟野心是能挂靠上的。

科长首先找我谈话。科长脸色不悦，确切地说是阴沉着脸对我说道：“我知道你在我手下干感觉委屈，你可以提出离开我这里到别的科室去，但你不应该乱说话的。你说这种话，看起来是你一个人的事情，别人还以为咱们科室的风气不好呢。”

我连忙辩解说：“我没乱说话，真的，那是我儿子胡说的，我根本连想都没想过的。”

科长不满地瞪我一眼，口气更加严厉地说道：“想都没想，可能吗？你不说你儿子会知道你的想法，会出去胡说？你儿子才多大！鬼才信呢。”

我哑口无言。

局长找我谈话了。局长的目光先是把我从上到下梳子似的梳了好几遍，把我梳得体冒虚汗脸红脖粗后说话了，局长说：“年轻人有点想法也是可以的，但首先要踏踏实实地工作，我这局长也不是一步登天上来的，不也是一点点干上来的吗？如果我这局长工作方法不得当，或是哪里做得不对，你或者其他任何人都可以当面指出来，我一定接受，可是，说一些含沙射影的话就不应该了。就是你来当这个局长，也不见得总是正确的吧。”看来局长是以为我认为他的局长没干好我才想当局长的，我想当局长就是想跟他比比的，觉得自己一定会比他当得好的。我抹了一把额头上的汗，哭着对局长说：“局长啊，天地良心啊。我真的没有认为你这个局长干得不好啊。那话是我儿子乱说的，是真的啊。”

局长笑笑说：“孩子嘛，乱说话是有可能的。可是这种话，大人不说，孩子好像想不出来吧。”

我顿时感觉自己掉进了冰窟窿里。

回到家中，我老鹰抓小鸡似的把儿子从他的屋里抓出来，照着屁股狠狠地拍了两巴掌。儿子被我打得愣了一下，随即大哭起来。妻子从厨房跑出来，一迭连声地叫道：“怎么了？怎么了？干吗打孩子？”伸手来拽儿子。

我把妻子的手挡过去，扯住儿子吼道：“你说，为什么给同学说爸爸想当局长的？”儿子望着妻子，只是哇哇地哭。

妻子猛地把儿子拽了过去，对我怒目而视：“怎么了？是我说的。”

我惊讶地望着妻子："你说的？"

妻子说："对呀。你前几天总加班，儿子问我爸爸怎么不回来，我随口说，爸爸想当局长了，努力工作呢！怎么了，有什么不对的，你打孩子干什么。"

我望着妻子，一下子瘫坐在了沙发上，无力地、无限悲哀地说道："你可把我坑惨了。"

我开始像个耗子似的行走在机关里。

我等待着年终调岗时离开现在的科室，被安排到一个可以养老送终的地方"享清闲"——虽然我现在还很年轻。

我没想到的是，事情转瞬间有了巨大的喜剧性的变化。不久，有关部门破格把我提拔成了副局长，理由是：此人在当今人言如虎的社会中，竟然敢公开说自己想当局长，可见是作风正派之人，具有胜任领导能力之人，不畏权力和打击报复之人，集诸多优点于一身之人，理应破格提拔重用。

知道消息时，我先是呆若木鸡，浑身冰凉，而后热血沸腾，一口气跑回家中，抱起放假在家的儿子亲个不停，我的泪水蹭了儿子一脸。

一帮朋友设宴庆贺我当上了副局长。酒过三巡，菜过五味，我有些飘飘然了，望着一张张笑脸，感觉心里有一股说不出的受用。又干了一杯酒后，一位朋友说："你儿子说你想当局长，你就当上了局长，可见，真是童言无欺呀。"

我一酒杯，晕乎乎地喷着酒气大着舌头说道："说的就是，我儿子他怎么不说他爸爸想当县长呢。"

除我之外，满座酒醒，鸦雀无声。

五个女人，一种心思

○刘　玲

岁末将至，各科室都忙了，也因为天冷，几个好友好像都不大往来了，电话都很少打。

傍晚下班时，几个人在大厅不期而遇。

我先说，这日子可真没意思啊。

想不到一呼百应，五个女人大倒苦水，最后竟然达成协议：结伙去洗浴中心消费，而且不带孩子。

于是，各奔东西安置孩子，不一会儿就集中在洗浴中心富丽堂皇的大堂了，不带孩子这样集体活动，在我们还是不多的。

因为不是周末，人很少，温泉浸泡的感觉真舒服，有点过热的水刺得皮肤微痛。五个女人这样“面对面”神侃还是第一次，工作的压力，生活的琐碎，孩子的拖累，老公的不体谅，一股脑往外倒吧，长长短短、骂东骂西的，全然成了唠叨的家庭妇女。

一想起五个女人一会儿要上楼吃自助餐，接着到静音厅休息，午夜再看演艺，然后才回家，心思就像放了长假那样的兴奋。

我发泄完之后，心里还是想到了孩子，这么好的环境，这么好的水，要是女儿来了多好，但想归想，还是不后悔，因为今天是我们享受。

不仅不带她来，今天的功课我也不会管了！

穿了衣服准备上楼吃晚餐了，我拿出电话看，五个未接电话全是女儿打的，我回过去，彻底断了她等我的念头，让她跟姥姥睡觉，我会很晚很晚才能回去的。

其他四个人基本上也在回电话，带着硬着心肠的说教，报告自己会晚回，我恍惚地打掉了想先告辞的想法。

自助餐很丰富，我们说说笑笑吃得很开心，餐厅里极少见我们这种三十多岁清一色女性的组合，而且没带一个孩子，很贪心地，小吃摆了满满一桌。

梅拿起一个油炸甜饼说，我儿子来了，这个不会少吃。于是各说各的小宝贝爱吃哪一口，最后我来了一句，不带孩子来可惜了。

大家都不语。

到了静音厅，我们一字撒开，准备静等午夜看演艺。谁知服务员过来，让我们要饮料点心，我们说不要，她说，刚规定的，到静音厅休息每人最低消费 15 元。

我们愣住了，新规定啊？怎么不知道？

走吧？太没面子了！

这时，老大说话了，走吧，回家吧，洗也洗了，吃也吃了，里边的东西也都见识了，家里看电视不掏钱，想横想竖，这里躺屁大点功夫还得再消费，能给孩子买多少东西呀！

我们都嬉笑着，没有一点儿窝心的感觉，其实稍稍发泄之后，都有想回家的想法，只不过怕给骂没出息，不敢说出来，哪个不忧心自己家里的小家伙啊！

五个想纵容一下自己的女人，其实是一种心思，心不能离家太久远哦！

民工茂恩的艳遇

○侯发山

闲暇时间，大伙儿忍耐不住无聊和寂寞，就三五成群的，有的去了公园，有的进了电影院，有的到街上瞎逛……茂恩却猫在工棚里，哪儿也不去。他知道，出门就得花钱，即便啥事也不整，上趟厕所也得两毛钱。他家境贫困，不精打细算不行啊。临出门时，爹娘反复交代，要他把钱攒起来，将来娶媳妇用。

隔着马路，工棚斜对面有个小型服装店，虽然不足二百米远，茂恩却一次也没去过。那里进进出出的都是打扮时髦的男人女人，他怕人家瞧不起；而且店里也没有适合他穿的物美价廉的衣服。茂恩透过店里的大玻璃窗，看到一个女人，这个女人每天都在靠窗那个位置一动不动地站着。她高挑儿，风骚，每天换一套服装，昨天是旗袍，今天是裙子……有时那裙子刚盖着屁股，短得不能再短了；有时不但露着胳膊大腿，还裸露着白亮亮的肚皮。茂恩怕这个女人发现他，说他流氓，从不敢大大方方正眼去观察她，都是装作不经意地瞄上两眼。茂恩把她装进了心里，站在脚手架上也想像着她的模样，有时梦里也做着和她有关的梦……

工头陈富发现了茂恩的秘密。陈富想逗他玩儿，就拉着茂恩要去服装店里逛逛，茂恩死活不去。陈富眼珠一转说，茂恩，你想不想娶这个女的做媳妇儿？茂恩点点头，忙又摇了摇头。陈富说，你别害怕，把这个女的娶到家也就几百块钱。茂恩似信非信，说，人家会愿意？陈富拍着胸脯说，百分之百愿意，我要说瞎话，你把我的头拧下来当尿罐！茂恩见他说得一本正经，皱着眉头说，这么便宜？她是不是有残疾？陈富狡猾地一笑说，当然，她……她不会说话。茂恩埋头想了想，就摇摇头认真地说，我不是嫌她哑巴，咱是农村人，人家是城里人，怕她跟着咱受委屈……陈富就一脸凝重地拍了拍茂恩的肩膀，说，兄弟说得不错。好好干，回头我给你找一个！

那一天，服装店忽然间浓烟滚滚，失火了！不少人在围观，却都无计可施，只等待着消防队的到来。工地上的人也都停下手头的活计，围过去看热闹。茂恩忍不住拉着身旁的陈富，焦急地说里面还有人吗？陈富故意说道，哎哟，听店老板说，还有一个人，就是那个女的！陈富的话音一落，茂恩就挤出人群，冲了过去。等陈富明白过来怎么一回事，在大家的一片惊呼声中，茂恩已一头扎进了火海中……

茂恩的伤势不算太重，只是一些皮外伤。看到他躺在医院的床上苏醒过来，陈富埋怨他说，你真傻呀，那么大的火……茂恩笑了笑说，咱的命贱，不值钱。那个女的咋样？抢救出来没有？陈富怔了一下，叹口气说，我不该骗你……恰巧那天她上街了，没在店里。茂恩不相信地说，就那么巧？不是你在骗我吧？陈富说，我真没骗你。茂恩听他如此说，松了一口气，说，只要没出事就好，我不怪你，我还指望你给我说媳妇儿呢，咋敢怪你？

第三天，陈富把一个姑娘领到了茂恩的病房里。陈富介绍说，她叫小玫，是茂恩舍命要救的那个服装店的姑娘！小玫虽不是十分漂亮，但也不难看，柳眉，杏眼，樱桃口，苹果脸，穿着朴素大方，却也婀娜动人。茂恩的脸腾一下子红了，激动得手足失措，语无伦次。小玫嫣然一笑，把鲜花插在茂恩的床头，说，谢谢你！茂恩吃了一惊，说，你不是哑巴？小玫瞪了陈富一眼，娇嗔地说，都是你瞎说的！陈富不自然地一笑，对茂恩说，我怕你迷上人家，故意诳你的。接下来的几天里，陈富在工地上忙活，小玫跑前跑后，担当起照料茂恩的任务……

当后来两个人的关系好得不分彼此的时候，茂恩的话也多起来，他说你每天站在服装店里一动不动，不觉得难受吗？小玫愣了一下，“扑哧”一声笑了，说，傻瓜，那是我吗？你看到的是塑料模特儿，我哥骗你呢。啥？啥？你哥？你哥是谁？茂恩糊涂了。小玫一脸灿烂地告诉他，她哥是陈富。茂恩忽闪着两眼，愈加迷惑不解。小玫的脸上漾起一层妩媚的笑，说，从那次救火事件中，我哥看出你是一个实在人，就想让我们认识，这才将错就错把我介绍给你……茂恩说当初你就愿意？小玫的脸上一下子绽开了鲜艳的笑，目光暖暖地盯着他，我听了我哥对你的介绍后，就抱着试试看的态度来了，没想到你真是一个傻瓜！说着用指头轻轻捣了茂恩的额头一下。

茂恩心里涌上一股甜蜜的感觉，嘿嘿笑了。

民主村长

○范子平

韩老贵是个人物。不管啥场合，他总是一边张口说话一边不停扑眨眼，时不时猛地瞄你一下，瞄你的那一下很犀利，很深刻，很有内容，仿佛一下子把你给看透了，叫你一下子就记住他。在3000口人的韩家庄，他支书兼村长一当就是几十年，可见他的能力他的威望。

韩老贵开班子会，往往是支部委员和村委会成员弄到一块儿，叫“两委会班子”会，反正两个班子都是他的一把手，这也省了互相通气互相传达的麻烦。这天开会是讨论决定事关韩家庄大局的事项。其中最重要的是乡党委副书记岳连喜介绍一个客商，要来韩家庄搞特种养殖，养殖黄鳝，人家带技术，带资金，还包营销，主要是相中了韩家庄后地那河滩里那近千亩洼地。韩老贵就叫大家发言讨论。

开始大家都看韩老贵的脸。韩老贵就笑，笑罢是一脸的不耐烦，道：“有钢用到刀刃上，我的脸上又没有结论。”

副支书韩小贵是韩老贵的侄子，他率先发言，小心翼翼地说：“我琢磨着，这事可行哩。老贵叔说过多少次了，咱也得跟外边联合双赢才能大发展哩。”

副村长彭小碰说：“对哩，对哩！近千亩洼地，水常年不干，在那儿扔着也是扔着，白白浪费哩！”

组织委员彭清丽是个30来岁的女人，说：“咱这儿养鱼有，养螃蟹有，养黄鳝还没有听说过，物以稀为贵，肯定一炮能打响！”

彭小碰接道：“稀不稀都不怕，只要人家包销售。”

副村长彭小强说：“老贵叔让我在网上查查资料，我到乡经联社查了。这个黄鳝，主要是网箱养殖，只要咱大面积养殖，签订合同长期用饲料厂的饲料，饲料厂管给咱免费供应网箱，黄鳝同面积产量比养鲤鱼产量减少一半，可黄鳝市场价是鲤鱼的10倍。这样算下来，养黄鳝比养鲤鱼，效益至少高五六倍。”

副村长韩海涛说：“老贵哥，我看得先查查这个客商的来历，别让是个骗子。”

彭小强道：“这个咱老贵支书早就想到了。早就让我调查。我弄清楚了，人家丁老板在安徽就是养黄鳝大户，在咱县西的黄村也是搞合作，那个村还不如咱村条件哩。这个，靠得住的。”

宣传委员韩庆军说：“别再说了，日他娘一百样好处全占，咱就看不出对咱村有一点点不利的事，一句话，弄了！”

大家摩拳擦掌，热气腾腾，一齐说：“老支书，这个项目可上，干了！”

韩老贵一支接一支抽烟，他犀利的目光从这个脸上蹿到那个脸上，一个个看了一遍。

大家都不吭声了，都知道是老支书不满意了，老支书要给大家上课了。果然，韩老贵喷出一大口烟雾，又吐出一大口痰，清清嗓子道：“你们呀，你们呀，我不是说你们。我早就想退下来，老了，想交班。可现在看来，你们还不能叫我放心呀！”

韩老贵伸出食指，一个个点点他们，道：“脑袋瓜就不能学复杂一点？好处明摆着，小秃头上虱子！可是，他投钱就占股份51%，咱的水咱的地在咱村边，咱才占49%，人家成了大股东，分红吧不用说人家一人就得51，咱全村老少爷儿们三千多口才得49，还有，说话权都在人家手里。咱不是叫人家拿杀了?”

大家都愣了，道：“那，这事咋弄?”

韩老贵食指捣着桌子道：“咱的水洼不能轻易交给外人经管，搁一搁再说!”

韩老贵道：“同意我意见的举手!”

一只手，两只手，三只手，在场共有七个人，齐刷刷举起了七只手。只要说班子会，最后韩老贵一言定乾坤，从来是有几个人举起几只手，这次当然还这样收尾。

你不搞人家搞，水洼地不是光韩家庄有，邻村常店接过来和客商签了合同。还是那些条件，还是那些内容，三年后全村收入增长十多倍，成了全县有名的文明富裕村。韩家庄的水洼地依旧是空水洼，白白耽搁了三年。在全乡的排队位次后退了七八位。整风时乡里岳连喜来召集班子成员开会，岳连喜说：“老支书、老村长当然是好心，可凡事都要集中大家智慧才成。你们呀，就是在民主决策方面有欠缺。”大家都说：“是哩是哩。”韩老贵恼了，道：“是哩啥？是你舅舅的脚连筋！咱哪次决策不民主？就说那时候，不跟他们合作养黄鳝的决议，不是你们一个个都举手通过的么?”大家顿时都没有了话说。

笔掷

○李利君

人一到40岁，基本上就是一页纸快画满的样子了，最多就是完善一下、美化一下，40岁前的努力往往到了这个时候只有等冥冥中命运早已规定好了的那个结果，想重打锣鼓另开张地干点新事儿，可能性不太大。偏偏张四十却不这样想。过完40岁生日，和70岁的老父亲喝完一壶酒，他突然想起要练毛笔字了。其实说“突然”也不准确。吃饭中途，一向话不多的父亲“突然”提起小时候带他练毛笔字时候的一些事，说是城东小嘎子的字虽然也没练出来，可是，到他爹死的时候，还能抓起笔来写十四个字的挽联。张四十觉得这话说得不大吉利，但小时候父亲教他练字的情景历历在目。那时候家里穷，父亲是用锅底灰给他调和成墨汁来练字，纸反反复复地用。可惜，后来他没兴趣了，不写了。

告别老父亲，他“突然”地练起字来。

一些同事很奇怪：怎么你这个时候就弄这个了，早了点儿吧？等退休再弄也不晚啊。张四十却说：“不想折腾了，还是清闲点儿好。”实际上，张四十的事业如日中天，工作还挺有出息的，位置上升空间很大。他的这一握毛笔，就让一些玩弄权术的人当成是韬光养晦。然而，张四十却完全没有那个心术，他就是练字。办公室、家里，触手可及的地方都和练字有关，毛笔、墨水、宣纸、字帖……空气中的味道都是墨汁的味道。张四十练字很见缝插针。出差时，也把文房四宝随身带着，就是在旅店里也铺开练那么一阵子。除了抢时间，张四十练字也非常投入。一次，市长要接见他，他按照秘书长的约定提前半个小时到了。在会客室等待的时候，他就把文房四宝铺开，写起了字：吟诗作赋北窗里，万言不值一杯水。没想到，时间过了，秘书长和秘书都刚好在处理一份公文，市长等了5分钟不见人，就走出来上厕所，结果，发现张四十在写字。刚好看到了这几个字，市长和张四十一起欣赏着。张四十感觉到身旁有人，但感情还沉在字里，嘴里喃喃着说："水啊，水啊……"市长说："你这是不是北江里的水啊？"那时，北江水受到污染，正臭不可闻呢。张四十这才发现市长站在身边，忙清醒过来，一个劲儿地道歉。好在市长是个开明的人："没事。"

张四十迷字的事儿很快就传开了。他的活动中自然就多了和书法有关的一些事情，别有用心的所谓书友常常邀他聚会，一些书法展也请他参加，获奖自然也与他有边儿。"知识型领导"、"有艺术修养"等称呼也就"随风潜入夜"。张四十似乎对这突然到来的热闹不怎么感兴趣，由于在官场上练就的驾轻就熟，对这些活动虽然兴趣不大，却也没有当头给别人泼冷水，总是在"挤得出时间"的情况下参与。

练字的事儿，张四十从没有对父亲亲口说过。父亲颤巍巍地写字的时候，他大多时候也只是站在边儿上看一小会儿。父亲听别人说过儿子又在练字，可他感觉到张四十练字还是不怎么"着调"，所以，也很少和他谈写字的心得。但老父亲写完后的废纸，张四十都让儿子悄悄地卷回来研究大半夜。有时候，张四十在夜深人静时竟会流出眼泪来——当然，没有任何人见到这一幕。

老父亲在84岁时走了。

当时，张四十正在主持召开一个会议。当他从电话中听到这个消息后，当即中止了会议，叫车赶往医院。上车前，他喊司机："把笔纸带上。"开会的人听了，都对他对写字的痴迷佩服得五体投地。

老人家的追悼会上，灵堂两侧的对联共12个字：北江凝噎东流，仙翁驾鹤西去。句子似乎不怎么出色，字却个个灵动异常，别有一种悲恸。不懂字的人看了，都觉得有一种摄人心魄的力量。

当然是张四十的字了。

丧事办完小半年，张四十都没有拿过一回笔，别人以为他还陷在悲痛中。可是，又过去一年多了，张四十还是没有动笔的意思。有人问他怎么回事，张四十轻轻摇了摇头：故人已乘黄鹤去，我字已然尽了孝。

不久，张四十把办公室和家中的文房四宝卷起来，封在书架的最上层。

老人与鳖

○孙春平

老鳖民间又叫王八、元鱼，据说吃了大补。近些年这东西大凌河里越来越少，几乎绝迹。至于为啥，地球人都知道，不说了。

大凌河边有个老头，80来岁了，无儿无女，老伴也早过世，自己孤苦地过日子。除了侍候地里的庄稼，老头还有个独特的本事，就是到河里捉鳖，所以屯里人都叫他鳖爷。若问怎么捉，却从没有人见过，就知鳖爷没事时常顺着河套溜达，有时一走能走出去好几十里。有人找到家，说老爷子呀，帮弄两只王八吧，家里有病人需大补，大夫开出方子啦。鳖爷问，要多大的？来人比着手势说了斤两，鳖爷说，后早来取吧。第三天清晨，果然就有两只圆圆黑黑的带盖活物用破麻袋网在水缸边。野生的比养殖的值钱得多，鳖爷一年只需有上这么三两回，就把清清贫贫的日子过下来了。也曾有年轻人好奇，想偷艺，听说有人订了货，入夜时就躲在鳖爷家的外面，见鳖爷进了河套，悄悄跟在后面。可鳖爷警醒得很，三绕两绕的，就把跟着的人绕丢了。想偷艺，没门儿。

今年春上，乡长听说县长老爹要过80大寿，打发秘书送来1000元钱，说要两个不小于二斤重的。鳖爷说，河里这东西早让人打绝了，哪还有那么大的？秘书说，没二斤的，斤半的也成。鳖爷说，没了种，哪有苗？斤半的也没有。秘书又说，乡长要得不急，县长老爹过寿还得十天半月呢，你慢慢抓。鳖爷说，你等一年也没用，你不知道那东西长得慢？秘书回去交差，乡长怪他不会办事，又亲自坐车跑来，还提来好烟好酒。鳖爷倔哼哼地说，我说没有就是没有，要不你把我塞进麻袋给县太爷提去?

乡长肚里有气，脸上干笑，心里不甘，暗骂，缺你个臭鸡子儿，我还不做槽子糕（蛋糕）了呢。他派人找来两台抽水机，抬到河套里的一处深潭边，又命人打堰阻水，断了河道。春日河瘦，很多地方已断了流，极易筑堰拦水。所谓潭，就是河流在某个地方转得急，日久天长便漩冲出一个大坑，窝出一洼轻易难干的水。一切停当，乡长命令合闸抽水，他要干杀鸡取蛋的勾当，不信老鳖还能飞到天上去。鳖爷听了消息，跌跌撞撞往潭边扑，口里喊："你们要干啥?你们要干啥呀?"

一个瘦高汉子伸胳膊拦住他："乡长花高价求你，你只是不应，我们自己清潭捉鳖还不行啊?"

鳖爷撕挣着喊："抽不得，这水抽不得呀!"

瘦高汉子冷笑："怎么抽不得?这河这潭是你家的?"

"我、我不活了!"鳖爷跺着脚，要往潭里跳。

站在潭边的乡长黑了脸，喝了声"胡闹"，立刻有人将鳖爷死死地拦住了。气急的鳖爷四下看了看，抱起一块河石往水泵前冲，乡长把烟尾巴往地下一摔，一脚碾熄，冷冷哼了声："反了他!"鳖爷想砸水泵自然又是砸不成。一个风烛残年的老人，哪里是一群精壮汉子的对手，鳖爷腿一软，瘫坐在地上放声哭起来："你们太狠啦，要绝根啊，老天报应啊!"

说话间，只听一片欢呼，就见有人从潭里一身泥水地抱上两只令人吃惊的大鳖来，足有脸盆大小，青幽幽的鳖盖上泛着暗绿的光。鳖爷怔怔神，不哭了，突然伏在地上磕头，磕得地皮咚咚响，眼看那额上就青紫了，红肿了，浸出殷殷血丝，围观的人们一下噤了声。

瘦高汉子是乡里养鳖场的场长，悄悄对乡长说："这两个可是宝物，少说也有上百年，咱先放鳖池里，我出高价收养。再去别处抓抓看，行不?"

乡长说："现在谁有钱谁是爷，你说行，我还敢说不？那就再抓抓看吧。"

众人又奔了别的潭。鳖爷被人扶回家里，不哭不笑，不吃不喝，木头样直挺挺地躺了一天一夜。到了夜里，不知什么时候又神不知鬼不觉地出去了，早晨回来时，麻袋里竟又背回两只个头也不算小的老鳖。鳖爷将老鳖放进水缸里，仍是闭门不出，只是坐在缸前发呆，饿了就煮几个鸡蛋，一边吃一边捏掰了渣末喂鳖。这一坐又是三天，傍天黑的时候，老人将两只鳖背到养鳖场，对场长说，这是我这辈子抓的最后两只王八，往后再不吃这口饭了，大凌河里不说绝了这东西，也差不哪儿去了。我给你送来，千万不能送人，送了人就难免被人宰杀，斩尽杀绝的事再不能干啦！场长心里高兴，连说放心放心，你老爷子舍不得，我更舍不得呢。鳖爷眼看着场长把两只王八放进了养鳖池。那池墙半人多高，清一色水泥筑就，足有尺多厚，四周又架上了防盗电网。场长得意地说，我这叫固若金汤，贼想偷，妄想；鳖想逃，除非长上翅膀。我也不能白要你的，你老爷子开个价吧。鳖爷从怀里摸出一叠子钱，足有几千元，说我金盆洗手，往后谁再看我干这个，我就变成头缩脖腔背后有盖的东西。往后，我连房子院子还有这票子，都交给敬老院，估摸也够我最后几年阳寿的粗茶淡饭了。你的钱，我一分不要，你要觉得过意不去，今晚就请我喝顿酒，你把场里的人都叫上，有几句话，我还想当面跟老少爷们说道说道呢。

那一夜，场里人都喝高了，连打更的都喝醉了，蜷在更房里呼呼大睡。鳖爷从没喝过那么多的酒，也滚在更房里睡了一夜。

天亮，人们酒醒了，惊得一片大呼小叫。真是做梦也想不到啊，只见养鳖池内，贴着一角，大大小小的鳖们竟叠垒起一个塔形鳖堆，高度直与那池墙平齐，眼见着有鳖正慌慌急急顺着塔体爬到池沿上，先是跌下地面，然后再钻过电网，直向四野逃去。池内哪里再有那几只野生老鳖的踪影，眼见那几只野生鳖才是胜利大逃亡的重点掩护对象，早已率先遁匿了。那场长先是惊愕，后是慌急，吆喝人赶快顺迹捕抓，却只捡回些逃出不远的养殖小鳖，那几只野生鳖像插了翅膀一般，黄鹤一去，杳无踪迹了。鳖爷也去池前看了，看过后扭头就走，倒背着手仰面大笑：此乃天意，老天有眼啊！惊得人们远远地望他，突然间就觉他也成了精怪。

变味的校庆

〇申　弓

李研究馆员提着刚出版的新著和刚领取的奖金登上了回故乡的班车。李研究馆员此行的目的有两个：参加故乡中学校庆和看望年迈的父母亲。到底是因为参加校庆而顺便省亲，还是因为省亲而顺便参加校庆，连他自己也说不清楚，因为校庆是正逢50周年的大庆，而故乡，他也有十多年没有回来过了。

坐在班车上，李研究馆员默默地想着自己的事，到底还算争气，在省城里奋斗了这些年，终于混出来了，这不，出版了第五部论著，甩掉了副研究馆员，评上了研究馆员，虽然这个职称名称有点长，在乡亲里也许不好理解，但一说是与教授平级便人人都会知道。想到这里，他便在兜里掏出了新印制的名片，在“研究馆员”的后边加注上“（相当于教授）”。另外还有一笔奖金，虽然才3000元，可已是这一生拿到的最高奖，也是最大的一笔工资以外的收入了。

到了家乡车站，因为在镇上，离中学近，也应该是先公后私，于是他直奔中学。

这就是他30年前就读过的中学，楼舍林立，人声鼎沸，锣鼓喧天，彩旗飘扬。

一脚踏入校区，就听到了那高音喇叭在播送：热烈欢迎各位校友回母校！下面播送校友捐资名单：赵××30000元，钱××20000元，孙××

20000 元，李××10000 元……

李研究员听在耳里，记在心里，下意识地摸了摸兜里的奖金，心想这些校友怎么会有这么多的钱呢？

来到了签到处，显然，没有几个人认识他。当签上了李松的大名时，才有个领导模样的人走了过来拉住他的手，欢迎李教授！他只感到一股暖流通进了心房，母校毕竟还有识货的人！

在签到处的正面，立着一块牌牌，上书捐资者名单：赵××30000 元，钱××20000 元，孙××20000 元，李××10000 元……

李研究馆员在填写捐赠时为难了，他打开了带着墨香的新著，一共 20 册，按码洋应该是 500 元，又觉得太寒酸了，便想到了兜里的奖金，再给多少好呢？即使全数掏出，也只是 3500 元，可都十多年没有回家了，总不能空着两手回去吧，怎么说也要留个千儿八百，还有回程车费呢。

于是，他一咬牙，拿出了 1500 元，连物带款凑足 2000 元。他的名字立马被添了上去，只是写在牌牌的末端。便由礼仪带他入座，他的座位在台下的校友席上。

10 点 38 分，庆祝会开始，主席台上坐了三排人，第一排是县镇的领导，还有赵钱孙李等几个高额捐赠的校友。会议开始前，再一次由副校长宣读捐资校友的名单：赵××30000 元，钱××20000 元，孙××20000 元，李××10000 元……而且每读到一个名字，捐赠者还要起立向大家致意。

听着听着，李研究馆员感到了内急，便悄悄地退了出来。后来读到他的名字与否，他没有在意，反正他出来后就不再进去了。

经　验

○金　波

阿愣参加面试，最害怕的就是人家提“经验”。人，五官端正，没得挑儿；学历，不高也不低，一点儿也不妨碍工作需要；笔试，马马虎虎，基本认可。然而，就是缺少经验。阿愣多次求职失败，软肋就是这可恶的“经验”。“人一出生就有经验？大学刚毕业，哪里有经验？”招聘单位无一例外地问答：“对不起，我们不是培训机构。一个萝卜一个坑儿，招一个人就要顶一档子事。”

经验！经验！真是经验害死人啊！

阿愣想：学历可以造假，脸蛋可以造假，唯有这经验，造不了假，干一天就会露馅儿。然而，到哪里去寻找“经验”呢？如果企业永远拒他于门外，那他也就永远没有经验；如果永远没有经验，他也就永远被拒之门外。哎哟，可怕的恶性循环！这不是把人往死路上逼吗？想到这里，阿愣的头都大了!!

虽然没有“经验”，但这“试”还是要“面”，工作还是要找。没办法，长着一副吃饭的肚子呀！万一运气好，碰上一个二百五企业不要“经验”呢？

“嗯，你的学历还可以。”

面对这家企业的人事经理，阿愣正襟危坐，一声不吭，手心脚底却冒着冷汗。心里想：我的学历本来就可以，没有一家企业不认为我的学历不可以。但学历不是主要因素。

“你的笔试也不错。”经理接着说。

阿愣还是一声不吭。他的所有求职笔试都不错——没有这一把刷子也敢应试？然而，这还不是主要的因素。

“你正年轻，对你的目测也无可挑剔。”经理又说。

阿愣还是不动声色。没有一家企业嫌他长得丑，嫌他五官不正，嫌他二级残废——本来他就是一表人才嘛。有他漂亮的女朋友为证。可是，这仍然不是主要因素。阿愣知道。

阿愣等的就是主要因素，害怕的也是这主要因素！别看人事部经理会绕弯子——先夸夸你的长处，让你美滋滋的，以为胜券在握；然后话锋一转，将你扔进万丈冰窟里。

“就是、就是……”经理果然话锋一转，吓得阿愣捂起了耳朵。虽然这是意料中事，仍然吓得捂起了耳朵。他知道，经理的话锋一转，就意味着他被一票否决了——又白忙了一场。所以，他怕那两个字，恨那两个字；一听到那两个字，他就发怵，就发抖，就条件反射，就本能地抵触，就崩溃，就号啕痛哭！

“就是、就是……”经理一边看着阿愣，一边寻找适当的词汇。

“别说了！”阿愣实在忍无可忍了，把桌子一拍，火山爆发般地吼道，“我知道你想说什么，你不就是想要经验吗？”

“哇，你知道？你真聪明，我还没有开口，你就知道了。你怎么这样有经验？”经理喜出望外。

“我太知道了！我阿愣求职无数，参加过几十家企业的面试，没有一家是不问经验的，没有一家不是因为缺少经验才把我枪毙的。”阿愣呜呜咽咽地说。

“你都参加了几十家企业的面试？”经理站了起来。

“这还用得着欺骗您吗？谁不想说一应聘就被录取了呢？谁不想说自

己被人抢着要呢？那样脸上多有光彩！可我实实在在地参加了几十家企业的应聘。第一家说我没有工作经验，第二家说我缺少工作经验，第三家说我毫无工作经验，第四家……第五家……别提了，都别提了。如果您不相信的话，有我风尘仆仆的面容为证，有我快要绝望了的眼神为证，有我快要跑断了的双腿为证……”阿愣满腔悲愤，一口气地说下去。

“那你怎么还说你没有经验？这恰恰说明你有经验啊，而且还是丰富的经验呢。”经理笑了。

“经验，这也算是经验？”阿愣愣住了。

“这当然是经验！你怎么骑着千里马跑还说自己没有好马呢？请抬头看看我们的企业名称。”

企业名称？对啊，阿愣虽然来应聘了，却不知道这家企业的名称。不是不想知道，而是懒得知道。想当初，他走出校门时，踌躇满志，雄心勃勃，不是带“国”字的企业不进，不是带“外”字的企业不进，不是大企业不进，不是地处繁华路段的企业不进，不是月薪好几千的企业不进……而如今，只要能给个饭碗，就是“火炕企业有限公司”，也只好往里跳了。

阿愣顺着经理指的方向一看，墙上用艺术体写着“就业培训指导服务公司”的字样，不由得眼前一亮，从座位上跳起来。

“看明白了吧？”经理哈哈大笑，“我们公司就是专门培训‘经验’的，各行各业的培训项目一应俱全。我们招聘你的目的，就是请你担任指导教师，为想获得工作经验的求职者传授相关经验。你的求职经验，难道不是一笔宝贵的财富吗？正好派上了用场！明天来试用吧。”

“啊，我终于有经验了！我终于有经验了！”阿愣奋力冲出门外，然后仰天长啸，放声痛哭。

北京的京

○金　昌

一则小孩走失的报道，让市教委的马主任知道了城郊偏僻处的一所民工子弟小学。

马主任一行根据报纸上写的地理位置，按图索骥，找到了这所小学。

小学就设在城郊偏僻处的棚户村里。一间石棉瓦搭盖的教室里，摆放着十几张桌凳，坐着十几个年龄、身高都参差不齐的孩子们。马主任走进教室一看，所谓的“教室”，除了黑板是新的，桌子、凳子都是破旧的，一看就是捡破烂捡的或收旧家具收来的。桌子有三斗桌，两斗桌，小学生用的单人课桌，也有宽宽大大的老板桌。凳子有方凳，圆凳，有木质高靠背椅、皮质高靠背椅，也有旋转式的老板椅。教师是一个只有十五六岁的女孩，孩子们叫她玲玲老师。

正给孩子们上课的玲玲见一下子来了好几个人，以为又是来了解顺子的事儿呢，赶忙说道，小顺子不是在俺这儿走失的，是他爸爸妈妈把他带走后走失的。玲玲说的顺子，原先就是这儿的学生，前几天顺子的爸爸妈妈换了打工的地场儿，叫顺子离开了这儿，顺子没人管了，跑出来找这个学校，才走失的。好在那孩子聪明，很快就找到了。不过，报纸上一登，就有人说要把这个学校取消啥的。因此玲玲说，叔叔，你们千万别取消呀，取消了这些孩子就没人管了。马主任说，你们这个样子，就根本不像个学校嘛！说罢，又问玲玲上过几年学，进城几年了。玲玲说，小学没读完，就跟爸爸妈妈进城了。一位在“教室”外面拾掇废书废报的老人听说是来取消学校的，也走过来说，千万不能取消啊，取消了这些孩子就没人管了。那个小顺子呀，就是没人管了，才东跑西跑走失的。老人又说，其实呀，这也算不上个啥学校，只不过照看照看孩子，哄着孩子玩玩。

马主任说，玲玲老师，你接着上课，讲一讲叫我听听。

玲玲一声招呼，孩子们很快回到各自的位置，恢复了课堂秩序。玲玲站在讲台上，在黑板上写上“北京”，“天安门”，说，同学们，我们接着学拼音。也许是玲玲太紧张了，也许是辍学的时间太久了。玲玲一教，就出了洋相。

玲玲教：běi 北，běi 北，北京的京。

同学们念：běi 北，běi 北，北京的京。

玲玲教：tiān 天，tiān 天，天安门的安。

同学们念：tiān 天，tiān 天，天安门的安。

马主任一听，差点儿笑出声来。他绷住笑，说，玲玲老师，你的小学是在哪里上的呀？

老人赶紧接住话茬儿说，马主任你甭问了，玲玲这孩子辍学太久，功课丢得太多了，其实呀，这些孩子们都聪明着呢！不信叫他们给你出个脑筋急转弯儿，说不定你还答不上呢。老人这么一说，一个叫聪聪的孩子随口问道，叔叔，一斤菜多少钱？马主任问，什么菜？聪聪说，笨！马主任说，怎么了？你不说什么菜，我怎么知道多少钱？聪聪说，笨！100 钱。一两 10 钱，一斤不是 100 钱吗？马主任恍然大悟，噢——钱是名词，同时也是量词。好聪明的孩子，是谁教你的？是一个大学老师教我的。我爸爸在大学路市场卖菜，那个大学的老师教我的。聪聪说罢，莉莉说，马叔叔，我也给你出一道题吧：天安门城楼上都有国徽，哪个天安门城楼上没有国徽？马主任说，我们国家就一个天安门城楼，还有哪个没有国徽？老人说，马主任，她说的是图案，天安门城楼的图案。马主任说，噢——天安门城楼的图案。天安门城楼的图案上都有国徽，哪个上面没有国徽呢？莉莉说，国徽上的天安门城楼上没有国徽。马主任一拍脑袋，说，哎哟——我还真的没有注意过。小姑娘，你是怎么发现的？我妈妈在一个挂着国徽的大门前开了个小卖铺，我没事时，就天天盯着国徽看——马主任说，小姑娘，你真是一个观察力很强的孩子。这时，一个叫明明的孩子说，叔叔，我给你画一张画吧？马主任说，好啊，你画画我看看。明明拿出笔和纸，草草几笔就画了一个人头，马主任看了，觉得也没啥特别的，便敷衍说，哦，是个人头啊，我也会画。明明说，马叔叔，你倒过来看看。马主任把画倒过来一看，发现这竟是一幅两面画。从一边看是个满头浓发的青年，从另一边看，是个蓄着长髯的老者。好，好。这又是从哪里学的？明明说，东边的水库边上，有个伯伯天天在那里画画，我天天围着他看，有一天，伯伯说，我来教你一手吧，他就给我画了这个画，一画，我就记住了。

马主任说，你们真是聪明的孩子。我回去以后，一定立即向领导汇报，一定把你们上学的事情尽快办好。玲玲老师，你其实还是个孩子，你也应该重新回到课堂上去，好好地读书。孩子们一听，“噢——”地欢呼起来，围住马主任高兴地跳起来。

玲玲一听，高兴地走向讲台，在黑板上写上马主任和马主任三个字的拼音，说，同学们，我们要感谢马主任，记住马主任。而后教道：mǎ 马，mǎ 马，马主任的马。

孩子们念 mǎ 马，mǎ 马，马主任的马。

这一回，玲玲和孩子们都没有念错。

一份辛酸的求职承诺

○孙道荣

招聘会上，一家公司要求每位应聘者必须填写一份表格，回答几个问题。这是一位2004年毕业至今还没有找到工作的女大学生填写的求职承诺。

一、谈恋爱了吗？我的IQ很低，对男孩子没感觉。所以，5年内保证不恋爱；5年后万一不慎恋爱了，保证5年内不结婚；5年后万一不得不结婚了，保证5年内不生孩子；5年后万一不小心必须生孩子了……那应该是45岁以后的事了吧，你们可以考虑辞退我了。

二、能喝酒吗？25年来从来没有喝过酒，不过，如果工作需要，喝；不是工作需要，但领导有要求，喝；客户有要求，喝；有酒量，喝；没酒量，创造酒量也要喝；实在喝不下去了，吃解酒药，喝；喝得烂醉如泥不省人事胡言乱语上吐下泻了，那也并不表示我不愿意喝，麻烦领导直接将酒罐进我的脖子里，只要能罐进去，就行。只有一个不情之求，曲终人散了帮忙将我送进医院。

三、希望什么岗位？我是学人力资源管理的，是管理学学士，英语六级，最好能在管理岗位；不能在管理岗位，做个打字收发的文书也行；不能当文书，在办公室扫地端水抹桌子打打杂也行；打杂不行，下车间到班组也行。

四、期望多少薪酬？50万？想都不敢想；20万？痴人说梦；10万？

绝不可能；6 万，非常非常满意；4 万，非常满意；2 万，满意；1 万？我知道不是月薪，是年薪，我也……满意。如果公司还有困难的话，打张白条，也行。

五、能出差吗？短期的，可以；长期的，也可以。短途的，可以；长途的，也可以。与女上司一起出差，可以；陪男上司单独出差，也可以。有出差补助，坐火车住旅店下馆子，最好；没出差补助，坐驴拉车住澡堂子泡方便面，也没关系。

六、你还有什么要说的？我大学毕业两年多了，跑过几十场招聘会，投了几百份求职报告，都石沉大海了。有人说，给我一个支点，我能把地球撬起来。可我今天想说的是，这么大个地球，就不能给我一个支点吗？我只是需要一个岗位啊！给我一个岗位，让我养活我自己吧！

梅小梅的小资生活

〇张国平

那年梅小梅去北京学习了俩月，回来后整个变成了另外一个人：着装时髦，语气轻飘，舌尖麻利，带着浓重的京腔。特撩拨人。

梅小梅问，你们知道人家北京人见面咋招呼的吗？离了吗？梅小梅撇着嘴说，怪不得人家叫咱大肚汉呢，见了面吃了吗吃了吗，好像饿死鬼托生的。梅小梅又问，人家京城有句顺口溜知道吗？结婚是错误，生育是失误，离婚是觉悟，再婚是执迷不悟。说得办公室我们这帮没见过世面的家伙一愣一愣的。

隔壁的曹阿姨劝她，咱屁股大一片小城可不能跟人家京城比，你这样袒胸露背的，大家不笑话？梅小梅甩甩披肩长发，莞尔一笑：这叫情调，小资情调。

小资情调？大家都听得面面相觑。

都以为梅小梅也只是说说而已，不想梅小梅却真的行动了。首先挨刀的就是她老公。梅小梅的老公大她两岁，老实又勤快，把她当孩子似的照顾。梅小梅一撇嘴：俗，我心目中的男人不是这样的！

离婚可不是闹着玩的，梅小梅的老公吓出一身冷汗，连忙找梅小梅的父母求情。疯了！梅小梅挨了父母一顿臭骂。

婚不离了，梅小梅向小资迈进的步伐却没有停止，梅小梅要跟老公分居。梅小梅说，这叫内部调整，一国两制。

梅小梅觉得自己的情感世界急需一种浪漫去充实，可是就这么大地方，转一圈儿碰上仨熟人，梅小梅很郁闷。

梅小梅的眼珠转过来转过去，最后落在康辉身上。康辉名校毕业，相貌英俊，谈吐优雅，有品位，而且还是科室“副”责人。有事没事，梅小梅总要到康辉面前转仨圈儿。尽管康辉应对得体，深藏不露，梅小梅还是从他的眼神里看出了点东西。梅小梅跟同事们一块儿出去吃饭，总是有意无意地坐在康辉身边，偶尔会被康辉的指尖碰一下，麻酥酥的，但康辉看上去一副若无其事的样子。

这天梅小梅被康辉叫到办公室，问了些不着边际的话。突然话锋一转冒出一句：好无聊，老婆出差了，陪我出去吃饭吧？从康辉如火的眼神里，梅小梅明白了一切。梅小梅拢拢耳边的长发，微微一笑：随便。

这夜的梅小梅像一叶轻舟，被汹涌的海涛抛到浪尖。平息后的梅小梅枕在康辉的臂弯里品味着小资的甜蜜。康辉老婆出差回家的前一夜，他们又迫不及待地品尝着浪漫的滋味。梅小梅本来想多待一会儿，康辉却让她早点离开。康辉说，此情若是长久时，又岂在朝朝暮暮。梅小梅很体贴康辉，不愿给他找麻烦。分别时俩人又在门边恋恋不舍地接吻。康辉的神经突然被刺了一下，推开梅小梅竖耳细听。“咚咚”的脚步声，“哗啦”钥匙清脆的抖动声，康辉急忙在嘴边竖起食指，轻轻拉开房门。出现在门口的果然是康辉气质优雅的老婆。康辉满脸堆笑，惊讶地问，宝贝儿怎么提前回来了？打电话我去接你呀。康辉还用嘴唇轻轻碰了老婆的脸颊，羞得老婆满脸通红，责怪道，人家小梅在，羞！

康辉回头对梅小梅说，那事就那样办，晚上起个稿子，我明天汇报……

梅小梅回到家，蒙被子流泪，觉得这事再也不能继续了。现实太残酷，梅小梅决定买台电脑，上网冲浪，到虚拟的世界中去寻找浪漫的感觉。

没出俩月，梅小梅便跟一个叫公牛的网友聊得火热。梅小梅觉得公牛这名字很男人，酷。又一个长聊的夜，公牛火辣辣的挑逗让梅小梅心跳不止。公牛给梅小梅要电话，希望感受她甜美的声音。梅小梅用“柔情刺梅”的网名说，谁知道你是谁呢，说不定是个干瘪的菜老头。公牛说，也不过30出头，但我是健美教练，看上去有小伙的帅气。梅小梅让他先传一张照片。照片上的公牛的确很帅，但梅小梅怎么看都似曾相识。梅小梅让他把电话号码发过来，她给他打。

哇噻！梅小梅一下晕了，电话很熟悉，是刚退休的老局长家里的。不用说那张照片也是30年前的了，现在的老局长已经是两鬓斑白，头发稀疏了。老局长就住在对面那栋楼上。梅小梅“啪”地下线，掀起窗帘朝老局长家窥视。光线很暗，只有一丝猩红在老局长房间里闪动。

刘主任

○侯国平

刘为民在大周庄当了23年村主任。

村民们都说他是个好主任，对百姓说话和气，从不摆官架子，见了村里上年纪的老头、老婆，就像儿子一样，脸上总是挂着笑模样，也不显脏，拉住老人的手就唠家常，问了吃，又问穿，还问被子厚不厚。逢年过节就到五保户家中送温暖，还把自已的棉大衣，脱下来给五保户周大爷穿，周大爷感动得逢人就说，刘主任好，比亲儿子还亲。

刘主任常挂在嘴上的话是，权为民所用，利为民所谋。村民们找他办事，他不打官腔，能办就办，该盖章时，从裤兜里摸出公章就盖，该批条子时，蹲下来在大腿上就写同意，村民们找他办事，送上一条烟，两瓶酒，他说，都是老少爷们儿，别弄这，下不为例呀。

刘主任在生活上不搞腐败，没见他包过二奶，也不赌钱。有人问他，当官了，咋不包个二奶。他说，那都是城里人干的事，咱农村光棍多连老婆都找不上，哪有二奶叫你包呀？一句话说得众人大笑。刘主任当官不像官，总是穿一身80式警服(庙会上买的)，住的是20世纪80年代盖的小瓦房。别的村干部都坐上了桑塔纳，他还骑着重庆嘉陵。他说，油价这么贵，带着猪肉都贵了，商务部领导说的，咱能省一斤油，就省一斤油，比那排场干啥。

尤其可贵的是，刘主任从不仗势欺人，他家的大狼狗把村民周宝玉家的六岁儿子小宝咬伤了，刘主任二话不说，抱起小宝，打面的就往防疫站跑，又是包伤口，又是打狂犬疫苗，整整忙了一上午。

事后他又买了一箱火腿肠，一箱纯牛奶，到周宝玉家慰问，把周宝玉感动得不知说啥好。刘一怒之下，还把自家的一千多块买的大狼狗打死了，并在全村开展一次轰轰烈烈的打狗运动。从此，大周庄成了远近闻名的无狗村。县乡干部下乡调研，都喜欢到大周庄来，乡领导称赞刘主任在新农村建设中闯出了一条新路子。

刘主任这样的干部，不光群众说好，上级领导也说他是个好带头人。

刘主任能做到思想上和乡领导保持一致，凡乡领导布置的工作，他都积极完成，凡乡里召开的会议，再忙也要参加。有一回乡里组织村干部到井冈山参观学习。刚巧刘主任的老婆生病住院，刘主任二话不说，掂起旅行包就出发，半个月后才回来，老婆气得要和他离婚。刘主任说，自家的事再大也是小事，公家的事再小也是大事，咱不能因为自家的小事，影响公家的大事。

乡领导夸他是个顾全大局、舍小家，顾大家的优秀共产党员，领头的雁。

刘主任文化程度不高，但他积极参加政治学习，村里的两块大黑板，都是他一人操办，整天在黑板前写呀，画呀。乡领导的讲话马上在黑板上写出来，他还担任村里的播音员(年轻人都外出打工了)，在大喇叭里一字一句把讲话念了一遍又一遍，把嗓子都累哑了，差点失音，又是吃药又是打针，才慢慢好转。学习上级精神，关键在落实。为了落实，刘为民不顾天寒地冻在村口设立了一个学习问答站，见有村民出村，他就拦住问，知道上级精神吗？如果回答知道，就放你走，如果回答不知道，就拦住不让走，叫你念一段报纸，才放行。结果全村人都把领导讲话背得滚瓜烂熟，乡领导说刘主任有两下子，创新了学习方法。

然而，天有不测风云，就在刘主任带领村民奋力奔小康时，他却病倒了，到医院一检查，得的是不治之症，胃癌晚期，村民们三五成群去看他，见他病成这个样子，都骂老天不长眼，说好人不长寿，祸害一千年。

刘主任是在家中去世的。临死前，他把两个儿子叫到床前，很吃力地从枕头下拢出两个红通通的本子，说，一人一本。俩儿子一看，是北京市房产证，分别写着俩儿子的名字，房址都在二环，面积156平方米。俩儿子当时就流泪了。

刘主任的临终嘱咐是：别哭，有些话能说不能做，有些事能做不能说，切记，切记。

听 画

〇梁 刚

汪华没想到科长会让他去“暗访”陈力。

反贪科近期是收到过几封关于陈力受贿的匿名举报信，并说他的家里设有暗格。但陈力是汪华的大学同学，关系一向不错，从工作角度讲，理应回避。但科长说，来信是匿名的，当不得真，让你去，只是给他吹吹风，无非是“打草惊蛇”，暗中侦察。汪华说，你在考验我。科长一笑说，是自我考验。

汪华没再说什么，但他不相信陈力会犯事，陈力是个淡泊之人，雅得很，尽管钱是个好东西，权又是钱的祖宗，但陈力的宁静足以抵挡各种诱惑。

陈力的家很简单，他待友的方式也很简单。

沏杯茶吧？陈力说。

汪华说，随你。

陈力就沏茶，自然是功夫茶。烫杯，斟茶，泼掉，再斟上，然后慢慢地品。

汪华说，最近忙啥？

陈力说，不忙，听画。

汪华一愣，听画？他第一次听到如此空灵的表达。这时，他才看见挂在陈力头顶的一幅油画：那是一片白桦林，树底下的小路宁静而寂寞，大片的落叶闪动着梦一般的金黄，傍晚的木栅栏蜿蜒着深深的慵懒。

但汪华这时突然听到了一阵马蹄声，那声音穿过俄罗斯广袤的白桦林，带着青春的气息，呼啸而过。汪华不由地说，我听到了保尔那充满激情的呼喊。

陈力说，我听到了白桦林边那堆篝火发出的哔剥声。

还有那苍凉的歌声。汪华垂下眼帘，细细地咂着茶，沉浸在一种悠远的意境里。

我听见了金子般的太阳落在白桦树上的响声，哗啦啦……汪华又说。

还有落满树叶的小路，被恋人踩出来的那种缱绻。陈力接道。

风，小心翼翼地漫步，怕弄出响声，破坏这种宁静。汪华接着说，但他的手机响了，是老婆发来的短信：准备买入中金岭南，据说要涨到60元，现在才32元。汪华蹙眉回道：别烦我，我在听画呢！汪华放下手机，想重新调整好自己的心态。短信又来了：莫名其妙。女儿马上要中考了，你管不管啊？汪华发回道：你烦不烦啊，我难得听一次画，你自己看着办吧。老婆即刻回来一条短信：神经病！

唉，在这个纷扰的世界里，听画真的有点儿神经病。汪华不由得说。

陈力笑了，笑得很无奈。说，那就不听了，喝茶吧。

汪华说，我俗人一个，整天俗事缠身，难得受你熏陶，却染不了一点墨香，静不下心。

陈力说，一样一样，只是被俗事缠累了，才逃到画里来感受一下空灵。

汪华暗想：如此雅士，怎么可能受贿，离谱了吧，真的假不了，假的真不了。便笑说，不容易呀。

陈力说，彼此彼此啦。

汪华刚想再次表示他的由衷感慨，突然一声巨响，陈力身后的画“哐”地掉了下来。

汪华和陈力都吓了一跳，汪华脱口而出：又是假冒伪劣商品！话音刚落，却看见了画后的暗格，里面平放着一只保险箱。

陈力的脸色顿时变了。

汪华呆了好久，他隐约听到了油画背后的一声叹息，一声来自人性深处的叹息，那叹息充满了宁静与喧嚣的挣扎。

坚　守

○孟宪岐

天界村已经有很多人不种地了。

天界村大片的地都栽了树，那树枝丫横生，树干歪歪扭扭，树下是荒凉的杂草。

青山爷看着那树那地直叹气，可他一点办法也没有。以前他当大队支书，有办法；后来他当村主任，也有办法；现在他只是一个年过七旬的老头子，什么也管不了了。

天界村的年轻人像候鸟一样在外面游荡。但家里的田不能撂荒，撂荒了让人笑话。便好歹弄点树苗栽上，管它爱长不爱长，成材不成材呢。反正，打工挣钱买大米白面吃，比种地划算。

青山爷哪儿也去不了。76岁的人了，还能往哪儿去？家里那四亩地如同一棵老藤，把他缠得紧紧的。他种了一辈子地，而且也只会种地。

自打那年分了责任田，青山爷就有了自己的打算。秋天收完秋，青山爷就在两亩山坡地里打梯田。过去集体打的梯田，这些年已经破损得不行。青山爷家的梯田一阶一阶的，很瓷实。原本挺大的坡地，就变成平平整整的了。到了夏天，同样的坡地，别人家的庄稼又矮又黄，下了雨水顺山坡都流走了，存不住，不抗旱；青山爷的梯田里，绿油油的庄稼晃人眼。

按照天界村的惯例，每年夏季，地耪过三遍，就该歇夏了。村里人有的坐在树阴下拉家常，有的聚在一处玩麻将。

青山爷却没有歇夏，他正忙得不可开交呢。割青蒿子压绿肥，忙活一个来月，倒把来年的农家肥积攒够了。青山爷种地不用化肥，也不喷农药，打的粮食只供自己吃，捎带着喂猪喂鸭喂鸡，挣俩活钱，日子过得也不怎么紧巴。

大宝西装革履从外面回来，见青山爷弯腰驼背地在谷子地里捉虫，撇嘴笑："弄些农药，刷刷刷一喷，省事，何必费那工夫？"

青山爷也撇嘴："你吃那米，放心吗？能药虫子的东西，人吃了没事儿？"

原来数大宝家分的地好，可现在呢？除了干巴巴的几棵小树，再就是一人高的茅草——那地是瞎了。大宝他们哥儿仨都在外面打工，整天吃香的喝辣的。

有一天，大宝打工的老板让他从家乡弄点小米，大宝回家跟青山爷买小米。

青山爷说："我的小米可值钱，一斤3块，少一分也不卖。"

大宝跟挨了烫一样叫起来："山爷爷，你这是卖黄金吧？比大米还贵？"

青山爷嘿嘿笑起来："不是黄金，胜似黄金！"

大宝狠狠心，买了10斤。大宝回去跟老板一说，老板说："不贵，不贵。那东西产量低，农村快没人种啦。"

老板吃了一顿小米饭后，立即找大宝："你赶紧回家，这样的小米有多少我要多少。"

大宝兴冲冲回村跟青山爷说："你还有多少谷子，全都推成小米卖给我，有多少我要多少，3块钱一斤，不讲价。"

青山爷说："10块钱一斤我也不卖啦。"

大宝求青山爷："山爷爷，你就成全我一回吧，老板让我给他买点小米都弄不来，显得我太没用了。”

青山爷说：“实话告诉你，我也没有多少了，还留些自己熬粥喝呢。”

大宝没有办法，只好去别人家花了便宜价，买了50斤小米，送给了老板。

第二天，老板铁青着脸问：“你这回买的小米味道不对呀，哪儿来的？”

大宝只好实话实说。

老板一挥手：“那些小米，给我拿走喂鸡去！”

大宝挨了老板的训，嘀咕着：“还不是一样的东西，挑肥拣瘦的！”

青山爷家的粮食突然就值钱了。他家的高粱米、棒子米、小米，都让大宝给倒腾到外面去了。大宝的老板很挑剔，凡是青山爷家的东西，他一吃就能吃出来，别人家的他一概不要。老板见大宝年年给他弄这些东西，就提拔他当了办公室主任。

老板说：“让你当主任，条件只有一个，你必须保证我年年能吃到你们村的小米。”

大宝就年年跟青山爷约定好，他家的高粱米、棒子米、小米，都给他留着，价钱给得挺高。

天界村的人看见青山爷成天在地里忙活，还能倒腾出钱来，就跟他学。天界村一下子就出名了。

这样的结果是青山爷没有料到的。他没料到自己十几年的坚守，让天界村的地里真的长出了黄金。天界村的年轻人又回来了许多，荒凉的土地又茂盛起来。

黑白之战

○聂　耶

龚局长是C县卫生局当之无愧的棋王，全局六十多名干部、职工竟然没有一个是他的对手。

龚局长40出头，一米六五的个头，却担负着近两百斤的体重，他办公室的沙发在这两年里就已换了三张。平日里他不爱打麻将、喝茶、说段子，独独对黑白之战喜爱有加。也不知道他是以前就爱下围棋，还是当了局长后才开始的，反正棋瘾大得像抽鸦片一样，一日不摸棋子就觉得心里空落落的。

几年来，龚局长在局里带起了一股浓厚的下围棋的风气。他认为围棋是国粹，谈论围棋比谈论家长里短、明星绯闻档次高多了。为此，龚局长不止一次在大会上讲："大家要坚持下来，普及开去！"

医政科新上任的科长小张就是一个围棋迷，围棋水平在局里排第二，而他也是第一个上班时下围棋被龚局长抓住的人。当然，风气归风气，普及归普及，如果上班时下围棋，这个还是不允许的。龚局长当面批评了小张，告诫他下不为例，也就不再追究了。

五一节前夕，局工会决定在全局搞一次围棋大赛，龚局长亲自上阵，全局员工积极参战，设下了一、二、三等奖和若干鼓励奖。

经过初赛、复赛，龚局长轻松杀入了四强。但在四进二的时候，他遭遇到了一个强劲的对手——大学毕业刚分到局里不久的小刘。

小刘曾担任过大学围棋协会的会长，连续几年夺得全校的围棋冠军。大学毕业分配到卫生局后，小刘更是如鱼得水，休息时总找人实战，而且战无不胜。他知道局领导很看重围棋这项活动，眼下正逢比赛，他当然想借机表现一把。为此，他在家里扎扎实实地打了两天谱。

半决赛是在星期天的下午两点半开始的，规则是三局两胜淘汰制，胜者进入前两名。

第一局小刘执黑先行，龚局长执白。小刘的棋风很凶猛，大刀阔斧，一上来就占据了主动，把龚局长拖得团团乱转。龚局长左扑右挡，绞尽脑汁想对策，但前景仍不容乐观。中盘时，龚局长已经感到大势不妙。豆大的汗珠从他的额头上冒了出来，那张肥胖的圆脸因为过度地用力思考而显得有点扭曲变形，像油锅里刚炸出来的麻花，鼻子眼睛全挤到了一起。他落子的速度越来越慢，不时地用手帕擦着额头上的汗。

张科长和同事们坐在周围观看战况，大家的心都和龚局长一样，紧张极了，大气也不敢出一口。房间里很静，只听得见“啪啪”的落子声。

龚局长望着眼前这个杀气腾腾的年轻人，感到自己的喉咙眼里火烧火燎，很不舒服。

“给我端杯水来。”龚局长喊了一声。

“好。”张科长第一个跳了起来，端着杯子跑向了门口的饮水机。

旁观的人都缓了一口气，有的闲谈，有的抽起了烟，有的站起来踱步。场面显得有点混乱。

“龚局长，水!”张科长把水端了过来，大冬天里，他的额头竟然冒出了汗珠，双手有点颤抖。

棋局已近尾声，龚局长大势已去，他苦苦支撑的只是他的脸面。

“龚局长，您的水。”张科长又小声地说了句，然后把茶杯向龚局长递过去。龚局长伸手正要接过茶杯，张科长手一抖，茶杯重重地落到棋盘上，棋子被震得乱滚乱跳。

“对不起，对不起。”张科长显得有点手足无措。

龚局长抬起头望了望张科长，如释重负地说：“这棋还怎么下?”

“那只好重新来了。你们说呢?”张科长用眼神瞟了瞟周围的人。

“是啊，是啊。重新来吧。”大家一片附和之声。

“那我上个厕所，你们把这里整理一下。”龚局长舒了一口长气，把手帕插进裤口袋里，走出门去。

等龚局长肥胖的身影摇出了门外，张科长一把将小刘拽到了身旁，在他耳边小声地交代了几句。

龚局长回来后，棋局重新开始。有了上次的教训，他的棋下得谨慎多了，稳中有进，慢慢地扩张领地。而小刘的攻势比起上盘有所收敛，几次进攻被龚局长挡回来后，显得缩手缩脚。等到终盘时点目，龚局长竟然以一子的优势胜出。

第二局开始，小刘急于取胜，攻势似乎很凌厉，但却疏于防守，结果，反而被龚局长吃了一大片子，兵败如山倒，小刘不得不中盘认输。

龚局长慢慢地站起来，幽雅地做了个手势，说：“这两盘棋我赢得不轻松，小刘你是很有潜力的哟。”

决赛在龚局长和张科长之间进行，龚局长两盘都以微弱优势战胜对手，最终夺得了冠军，张科长、小刘分获二、三名。大家都说龚局长的棋真厉害，棋王的称号名至实归。

一个月后，张科长调到党委办公室当主任，虽然是平调，但这个位置就重要得多了，而且离副局长那把交椅只是一步之遥。

年终时，C县举行了“迎元旦围棋大赛”，规则为一局淘汰制，男女老少皆可参加。

龚局长很看重这次比赛，初赛的当天喊了不少亲戚朋友和同事来观看，一支大概有七八十人组成的拉拉队把现场的气氛弄得很热烈。龚局长很开心，他要的就是这种棋王的声威。

没有想到，龚局长初赛的第一个对手，竟然是一个戴眼镜的七八岁的小男孩，一副稚气的样子让大家忍俊不禁。这盘棋下得很快，不到十分钟，战斗就结束了。

一点目数，龚局长竟输了十子！

“这怎么可能，是不是数错了？”龚局长有点难以置信。

“一定是数错了。”龚局长的拉拉队也沸腾了。

裁判又耐着性子重新点了一遍，十子，一子不差！

怎么会输给一个小学生呢？龚局长感到很委屈。

手　茧

○周　波

我回来了，全部搞定。

惊讶啥？瞧你们的眼睛，一个个呆子似的。

你们这帮人真会使坏，居然推出我去处理上访难题，亏你们想得出来。

笑啥？有啥好笑的？

上访者是全部散了呀！不信你们去看。

惊讶啥？

怎么搞定的？简单得很，可我不想告诉你。

拉我衣服作啥？先让我压压惊，喝杯水行不？

你们全围着我干啥？也想上访呀？

别夸我，今天幸亏我有绝招，不然真不知结局如何。

听不懂？

你小子就喜欢刨根问底，给老子点上一支烟。

抽这么好的烟！下回群众上访来可要买差一点的。

真想知道我的绝招？呵，告诉你们吧，我用这双手搞定的。

你臭小子别乱摸我的手，这双手可是宝贝哟！

手咋了？先不告诉你，你们伸出来让我瞧瞧。

我就说嘛，你看你，白白胖胖的一看就知道喜欢指手划脚。你呢，细皮嫩肉的一看就是坐办公室享清福的。

告诉你们吧，我的手有茧呀。

又惊讶？你们可真没见过世面哟！

刚才可真把我吓了一跳，黑压压的一群人一下子围住了我。我不像你们专做群众工作有经验，说起来滔滔不绝。我真是服了你们，我从来不善言辞，咋会想到把我叫去呢。我不懂有关政策，再说上访群众究竟为啥事上访，我现在还蒙在鼓里呢。

我当然吃了亏，一个小年轻上来就给我一拳，奶奶的，人多没看清。唉，算我倒霉！

又笑，我被人揍有这么好笑吗？真是的！

急啥，我不正想讲下去嘛！

我想既然到了这种场合，不讲话是不行的。可还没开口说话，一位老农瞪着眼从人缝中挤出来问我是谁。我说老家在乡下，工作在城里。我咋会当着这么多人说这话呢，反正嘴里溜出来的就是这样。那位老农说叫我摊开手掌给他看，我不想伸手，怕突然挨一刀。老农强行扳开我的手掌，看了好一会儿，我开始也不知道他想做啥。结果他摸着我的手茧说：也是苦孩子！

是呀，他没问我，我也没说啥话。

骗你做啥，骗你不是人！我真的一句话也没说。后来听他们说不准备上访了，我就回办公室了。听说上访的人现在全走了。

如果说骗，那只能手茧在骗。

听不懂？真是他妈的一帮笨蛋，就知道吃喝拉撒！

你们看我的手。这双手就适合做群众工作。呵呵。

我手茧哪来的？这个有必要告诉你吗？

逼我说呀？说就说，谁怕谁呀！反正我这不上不下的年纪想进步的概率也低了。

一年前咱们不是参加了县里的体检吗？医院诊断说我健康状况很不好，警告我要加强体育锻炼。我吓坏了。回家后，就天天开始坚持早跑晚练。居住的新小区还真不错，像专为我配置似的，各式各样的体育器材不少，以前我是眼不见为净，打从医院出来，我可是把他们当宝贝使用了。每天除了散步，还练单杠、双杠、吊环。锻炼后还真行，再也没得过感冒发热之类的病，现在是神清气爽哟。

这和手茧当然有关系，废话，不锻炼我会有手茧吗？你看我手掌全被磨出了茧，脱过好几次皮了呢。我老婆说，过去我女人一样的手，现在变成农民的手了。

笑啥？难道还是你们这样病态的没手茧的手好？我看你们以后都得去锻炼，现在还来得及。我就是凭这双有茧的手把事情摆平了。

你们可别把这事说出去，下回也许还有大用途呢。

喂，我是。

噢，是局长呀？是的，我刚回来。

好的，我马上来你办公室汇报。

廉政模范

○相裕亭

何长贵在远山乡做乡长，何长贵丈母娘一家就在乡政府对面，开了一家烟酒杂货店，专门为乡政府各部门服务。乡政府大院里所需的办公用品，尤其是乡政府办公室每天人来送往的烟、酒、糖、茶以及笔墨纸张什么的，全都在何乡长丈母娘家小店里“记账”。

何长贵是远山乡的“一支笔”，别管是什么票据，只要是签上他何乡长何长贵的大名，拿到乡里财政所，就能领出票子来。所以，乡政府各部门来何乡长丈母娘家小店里“记账”，如同往何乡长丈母娘家小店里送钱，是一个道理。

这样一来，乡里边但凡是需要购买的物品，都要从何乡长丈母娘家小店里购买，有时，乡里急需的稀罕物儿，那小店里没有，就通知他们家到别处去买来。然后，再卖给乡里。总之，凡是乡政府需要购买的东西，都要从何乡长丈母娘家的小店里“过一把”。

这一天，县里有一位人大常委会副主任去世了，按照常规，类似的事情，乡里要以党委、政府的名义，前往吊唁。乡政府办公室的秘书，在具体办理花圈、挽联事宜时，顺理成章地想到何乡长丈母娘家的小店。因为，花圈这玩意赚头很大。

何乡长丈母娘得到消息后，很快去镇上的一家花圈店搬来几个大花圈，价格翻了几番之后，放在小店门口，等候乡里的秘书来拿。

恰在这时，下边一个村里的村长到乡里办事，看到何乡长丈母娘家门口摆放着几个花圈，误认为何乡长的老丈人死了。何乡长的老丈人确实也在生病。前些天，那位村干部曾亲自揣着“红包”，到乡中心医院去看望过何乡长的老丈人。想必，那老爷子这回是撒手西去了，这事情可不能马虎，这可是讨好乡长的好机会！

当时，那位村干部就掏出手机，给他几个要好邻村干部们相互联系之后，同时选在晚饭前的时候，开着拖拉机、小“黄虫”、或是农村专用的那种“嘣嘣嘣”的“三叉机”，纷纷前往乡政府驻地及何乡长老丈人家送花圈及礼金。

这一来，何乡长及何乡长老丈人一家都不高兴了！老爷子还没有咽气哩，竟然有人上门送花圈、吊唁！这是很晦气的事。

可事情已经发展到这一步，也不能听之任之呀！情急之中，何乡长立即指派乡里的秘书、打字员什么的，在通往乡政府驻地的各个路口拦挡，让那些前来“出份子”、“送花圈”的村干部们，不等走到何乡长老丈人家的门口，就给原路打发回去了。

可事有凑巧，也就在当天夜里，何乡长的老丈人，听说有人为他送花圈一事，心里边一窝气，当真是撒手西去了。

第二天，尽管传来何乡长老丈人的死讯是真实的。但，很多人都不相信了，即使有个别人知道何乡长真是死了老丈人，也不敢轻易去送礼金，原因是头一天晚上，何乡长兴师动众地拒绝大伙来吊唁。

不了解内情的人，都认为何乡长是在带头搞廉政，哪个还敢上门送礼哟！可这样一来，何乡长老丈人的丧事办得十分冷清。何乡长为此十分郁闷。可乡里的通讯员，妙笔生花，很快以《何乡长为岳父办丧，拒收一切礼金》为题，把何乡长云里雾里地写进了县报、市报。

市电视台专题部为此专门派来记者，配上专访的部分画面，一家伙把何乡长吹成了廉政模范。

旮旯羊事

○伍中正

旮旯村的扁豆一家一直吃着救济粮。上面分来了衣被和粮食，扁豆一家准有一份，理由是扁豆家够条件，扁豆爹瘫痪，扁豆还小，没有粮食和衣被，过不了日子。扁豆一家成了雷打不动的困难户。

是困难户就得照顾，可照顾了这么多年，扁豆家仍然是老样子。村长丝瓜想不通，脑子里总装着一些疑问。

乡政府的胡乡长对丝瓜说，县里想对旮旯村重点扶贫，让村里考虑一下对象。

丝瓜对胡乡长说，是不是考虑菜籽家，菜籽家这两年倒房，又加上婆娘得了肝炎，家里也搞得不如从前。

胡乡长说，这回要特困的，扁豆家现在啥样子了？

丝瓜说，老样子。

胡乡长说，就扶扁豆一家。

丝瓜说，扶吧。

来旮旯村扶贫的是县农委的工作组。工作组带来了十只种羊，那十只羊是用车装来的。羊下了车，就在旮旯村吃草，那些羊边吃草边慢慢地朝扁豆家走来。

走着走着，羊就是扁豆家的了。扁豆就让女人推出来迎接县农委的工作组。县农委的人说，这次只带了十只种羊来，让扁豆养，目的是养羊起家，然后脱贫。

扁豆说，感谢政府感谢村干部。丝瓜和农委的人又找来厚木片细木条，挨着扁豆的屋圈了羊圈。扁豆爹开口说，就在我家吃饭。

农委的人说，不了不了。

农委的人一走，扁豆一家就商量开了。扁豆爹说，娃，反正你丢了书本，就天天放羊。

扁豆说，有羊放就行。扁豆娘在一旁插话，这回羊要养出个名堂，不然，对不住政府对不住村干部。

扁豆一家下决心养好羊。

上床前，扁豆爹还叮嘱，扁豆呀，家里的那些子羊就靠你和你娘了。

天一亮，扁豆就放出那些羊，羊就如白云在旮旯村走动起来。天挨黑，扁豆就和那些会叫会响的白云回来了。

旮旯村的鞭炮有一阵没一阵地响，是丝瓜的女儿考上了中专，家里办喜事。

扁豆爹对扁豆说，赶两只羊回来。扁豆说，都放出去了，赶回来做啥？

扁豆爹说，村长家摆酒，村里的人都去了，扁豆家不去对不住人，好歹那些羊也是村长给弄来的。

扁豆赶了两只羊过去，那两只羊看了看另外的羊，步子迈得格外沉重。

扁豆赶过去的两只羊再没有回来。

扁豆爹吃着扁豆包回来的扣肉就问，扁豆，村长对那两头羊还满意吗？扁豆说，村长没说啥，只说了羊先系着，下个月支书家娶儿媳妇，还问咱们去不去？

扁豆爹到嘴的一块肉，停了好一会才咽下肚。

村支书娶儿媳妇，扁豆家又少了两只羊。

村会计的新楼落成，扁豆家再少了两只羊。

羊越来越少，天气越来越冷，雪在村里飘起来。扁豆对爹发了不小的脾气，说，剩两只羊不看了，干脆杀了，反正过年要吃的！

扁豆家就没了羊。

第二年，农委的人来旮旯村，先问村长丝瓜，扁豆家的羊都下崽了？

丝瓜摇头。

那是啥原因？农委的人问。

丝瓜说，不清楚。

农委的人又去扁豆家，扁豆正拆羊圈。农委的人没开口，就明白了怎么回事，细声细气地问了一声，扁豆，羊呢？

扁豆说，在灶头，羊肉熏了，我爹吃了，说是羊肉可以下酒哩。

农委的人先一惊，后摇头走了。

此后，再不见上面来旮旯村扶贫。

民工新故事

○厉周吉

学校门口有个劳务市场，每天有很多民工在那儿集散。为了寻找写作题材，我经常到那儿转转。一天，我突发奇想：找个民工，深入聊聊。也许一个民工就是一个故事。

我午休起来，去了劳务市场。市场上民工已经不多，三三两两地在马路边打盹儿。我两眼一扫，身边竟然一下冒出几十个民工，他们把我团团围住，你争我挤。我不好意思地说，只要一个人。大家争得更厉害了，我只好随便指了一个。

回到家中，我打开电视，泡上茶叶。他说，先干活。我说，其实没什么活，我只是想同你聊聊天，不过，工钱我照付。真的吗？他歪着头，笑着说，今天运气好，净碰好活儿。我问他，上午碰上什么好活儿了？他说，给一位老人洗了几件衣服，老人的子女都是大老板，嫌自己的母亲脏，其实就几件衣服，一会儿就洗好了，20 元钱轻松到手。老人特别喜欢同我聊天，又偷偷给了我 10 元钱，要我不时到她那里坐坐。

他盯着我，笑着说，除了聊天，还有别的事吧，单纯聊天还用雇人？我说，我想写一篇反映民工生活的文章，但对民工生活不太了解。他笑着说，原来是这么回事啊，你早说，我不就不纳闷了。你想了解哪方面的情况？我说，你说一下你自己吧。

他说，自己读过一些写民工的文章，很多作家把民工写得太苦，其实并非如此。譬如说“劳累”吧，我们干的活，你们偶尔干一天，肯定受不了，可是我们天天干，就不觉得累了。再譬如说“拖欠工钱”吧，对我们这些干劳务市场的而言，基本上不存在，因为都是当天、甚至半天就支钱，即便被骗了，还能骗多少。再说，天天干活，我们也学鬼了，倘若发现老板不像好人，我们就先要工钱，不给，就不干活。像你，一看就是实在人，肯定少不了我的钱。

再譬如说“收入”吧，我们的收入比很多正式工还高，像我，志愿兵专业后，被分到一家国营单位。那时，月工资只有五百多块，除去生活费，所剩无几，单位还经常集资。我干脆不干了，现在在一家制药厂干临时工，活是脏了点儿，可是不脏谁给钱啊！在那儿上班还有另一个好处：单位害怕有关部门查处，只在晚上开工。这倒方便了我，晚上去上班，白天干劳务市场，这样就有了两份收入，比原来强多了。我问，不困吗？他说，不困，晚上干的活儿轻，有时甚至偷着打个盹儿都行。再说，也不是天天干劳务市场，隔三五天睡个饱觉，就行了。你找我了解民工的情况再合适不过了，因为我不但有阅历，还有很好的口才，我喝口水，就给你讲，你要记下来的话，准备纸和笔就行了。我快速从书房拿出笔和纸，他却歪在沙发上，打起了呼噜。

要不是怕耽误了他晚上的班，我真不忍心把他叫醒，我使劲晃了他好大一会儿。忽然，他一扎煞，说，老板别打我，别扣我工钱，我就是一合眼，没睡着。

他揉着布满血丝的眼，呆呆地看了我一会儿，不好意思地笑了。那时，已经7点多钟。他说，你看我，怎么睡着了？

给他钱，他怎么也不要。我说，你的故事一定精彩，再找到你，怕不那么巧，就算我提前付给你的吧。

第二天，我发现牛奶盒中有一沓厚厚的纸，上面认认真真地记录了一个民工的故事，最后还有一句附言：昨天下午，竟然睡着了，实在对不起。今天晚上，我抽空记下了我的故事，不知中用吗？

晒良心

〇邵昌玺

幸福村一年一度的“好媳妇”评选还未开始，村委大院就挤满了人。今年来的人特别多，因为听说评选办法有变，大家都来看热闹。因为是周末，孩子们不上学，也都跟着跑来了。

评选小组由村两委成员和村里德高望重的老人组成，村委韩书记是小组组长。9 点整，评选活动正式开始。等评委们主席台就座后，韩书记开始讲话：“乡亲们，我们幸福村一年一度的‘好媳妇’评选现在开始。这往年呢，咱们都是投票，最后根据投票多少确定人选。今年呢，经过评选小组成员商议通过，咱们换个法子，现在不都时兴公开吗？咱们也公开一回，而且是完全公开。”

这时，人群中有不少人在交头接耳。

韩书记接着说：“大伙儿也许纳闷，怎么公开呢？咱今天就在那上面公开。”韩书记边说边伸手指着会场后面的几根晾衣绳。

大伙儿纷纷回头看着晾衣绳，都是一头雾水。

韩书记呵呵地笑着，说：“下面凡是家里有 60 岁以上老人的，让各家的孩子回家把老人平时盖的被子拿来。哪家有孩子没来的，就让别家的孩子给帮忙。然后都搭在晾衣绳上，今天太阳好，咱们就给老人们晒晒被子！”

大伙儿面面相觑，更是丈二和尚摸不着头脑。

各家的孩子都跑回家抱被子。狗剩媳妇好不容易从人群中找到自己的儿子，她把儿子拉到墙角，咬了半天耳根，儿子转身跑了。

不一会儿，孩子们就把老人的被子抱过来，让大人给搭在晾衣绳上。

这时，韩书记和评选小组成员一起来到晒满花花绿绿棉被的晾衣绳前。他看了眼第一床棉被，问："这是谁家的?"春生媳妇从人群中挤过来，怯生生地说："是俺家的。""你家是开理发店的？看这被里都能磨剃头刀了。"大伙儿呵呵地笑。

韩书记也笑着，他又伸手摸了摸第二床棉被，说："这是谁家的?"旺财媳妇低着头走上前说："这是俺家的。""你这被里装的是棉花还是秤砣?"韩书记拉下脸子说。旺财媳妇依旧低着头，蚊子叫似的说："不是秤砣，是旧棉花。"大伙儿哈哈地笑。

韩书记没笑，他又走到第三床棉被前。这床被子用的是龙凤呈祥的绸子面，火红的底子上绣着一对栩栩如生的金色龙凤，雪白的棉布被里是软软的新棉。韩书记点着头，就在他刚要张嘴问话的当口，他突然皱起眉头。他把被子拿起来闻了闻，然后说："这是谁家的?"这时，狗剩媳妇响亮地答道："叔，这是俺家的，你看咋样?""里外全是新的，好！可是，我怎么闻着上面有一股香水味，难道你婆婆还天天抹香水?"狗剩媳妇的脸呼啦一下全红了，讪讪地笑着说："可能是孩子刚才抱被子的时候，不小心打翻了香水瓶吧?"大伙儿哄堂大笑……

评选结果很快出来了，韩书记手拿名单，说："乡亲们，今天的评选完全公开，就是我不宣布结果，大伙儿心里也明白，谁是'好媳妇'，咱们看得一清二楚。就像二柱媳妇拿来的被子，虽然被里被面都是旧的，被面上还打着补丁，但是人家的被子摸着软和，一看就是今年刚拆洗过的，就是平日里给老人盖的。"

顿了顿，韩书记接着说："老少爷们儿们，咱们都拍着胸脯想一想，老人们把咱从小拉扯大容易吗？现在咱日子好过了，不愁吃，不愁穿了，是不是也该让老人们享几天清福了？”这会儿，会场里鸦雀无声。老人们眼圈红红的，几个老人偷偷地用袖口拭着眼角的泪水。

“再说，咱们也会有老的那天，到时候，不也都盼着儿女能孝敬咱？都说父母是孩子最好的老师，这话一点儿也不假。今天咱们怎么对待老人，明天孩子们就会怎样对待咱……今天咱们晒的仅仅是被子吗？错！其实，咱今天晒的是良心，是儿女对老人的一片孝心……”韩书记越说越激动，声音听起来都有些颤抖。

这时，不知是谁带头鼓起掌。顿时，会场里掌声如雷。

张书记卖瓜

○梁海潮

张书记吃过晚饭，到D城的街道上散步。天太热，在空调下觉不出热，走出来却像进了火炉。

张书记来到较偏僻的一个街道，发现路边停着一辆装满西瓜的农用三轮车，地上铺了张旧凉席，一个两三岁的孩子脏兮兮地坐在上面，正啃着一块发硬的馒头。车旁站着一个衣着朴素的妇女，脸上热汗涔涔，眼睛盯着过往的行人。她旁边是位穿灰色上衣的男子，后背湿了大半截儿，肩膀上有几道地图形状的汗渍。

他们见张书记过来，脸上堆满笑容，甜甜地喊："大哥，过来尝尝西瓜，正宗中牟瓜，红沙瓤，鲜甜解渴。"说着，男子从车上抱了西瓜杀开，果真瓤红籽黑、沙甜诱人。

张书记说："这么好的瓜，生意一定不错吧？"女的接上来说："这里人太少，一车瓜三四天卖不完。"张书记说："你们怎么不到城中心卖？那儿买的人多。"男子把头摇得像个拨浪鼓："瓜农车不让进城。"

女的说："大哥，你家住哪儿？让他给你送去，住几楼都不要紧。"地上的小孩也仰着脸反复地说："伯伯买瓜，伯伯买瓜吧。"

听着小孩的叫喊，张书记心头一热，说："好好，伯伯买伯伯买。"张书记从衣袋里掏出50块钱，对男子说："我只买30块钱的瓜，那20元，让你女人领着孩子到饭店洗洗，再吃碗烩面，这么热的天，孩子只啃干馍怎么成？我帮你看会儿摊卖会儿瓜。"那女人扑哧一笑，说："大哥你会卖瓜?”张书记呵呵笑道：“我家原来也是瓜农啊。”女人害怕不按张书记意图会飞了这宗买卖，就千恩万谢地对张书记说：“那就辛苦大哥了。”

这时候，对面过来一个胖子和一个瘦子，胖子将褂子撩着露出白肚皮。二人来到瓜摊前，瞅了半天，胖子忽然说：“张书记，你?”张书记看对方认出了自己，说：“这是我家的亲戚，我没事儿，来帮他卖会儿瓜。”胖子张张嘴，一时不知怎么说才好，与瘦子嗫嚅着，走不是，不走也不是。张书记说：“你们该转去转吧。”胖子和瘦子像得了大赦一般，说：“好好好，我们一会儿再来。”

果然，没多久胖子和瘦子就返回来，说家里有客人，每人买了一百斤瓜。男子要送，他们拦辆出租车将瓜拉走了。大约过了几分钟，又接二连三来了好几辆车，大家都围在小小的瓜车旁，这个说正想买瓜呢，不知道哪儿的瓜甜，那个说单位下午才开了会，要给同志们发福利、降温，还有的说给扶贫点送清凉呢。男子与张书记一时给他们称不过来，他们就自己动手，拿了编织袋往里装，有的100斤，有的300斤，一车瓜不到10分钟便抢购一空。起初那个卖瓜男子担心有人不给钱或少给钱，岂料情况大相径庭，本来一编织袋只值二三十元，他们硬是给他50元大票；100斤50元的，买者也扔给他一百块，找钱都不要。来买瓜的人越来越多，后来的没买到，还直抱怨男子怎么就拉了这点瓜来。张书记对没买到瓜的人们说：“谢谢大家了！今年来城区卖瓜的，都是俺的乡亲，如果大家需要，请帮忙到其他瓜摊购买吧。”结果，那晚D城所有的西瓜全部脱销。

张书记好不容易把那些前来买瓜的人打发走，女人领着小孩吃罢烩面回来了。女人一看瓜车空荡荡的，脸就哭丧下来，急切地问男子：“瓜呢，咱的瓜呢？又让没收了吗?”男子说：“你瞎嚷嚷个啥，张书记已帮咱把瓜卖完了。”女人诧异地张大了嘴巴，半天，呜地哭出声来，把她的儿子按在地上，咚咚咚给张书记磕了好几个头。

几天后，这个县出台了个新政策，允许瓜农到城区闹市处卖瓜。

我只要一棵树

○苏三皮

老八第102次向领导打的住房申请报告最终还是被退了回来。老八终于泄气了，在这座城市申请一间房子就真的这么难？

老八忿忿不平地走出领导宽广而豪华的办公室，郁闷地徘徊在公路旁高大的香樟树下。老八瞥眼就看见一只半圆形的巢穴，不屑说，那肯定是知更鸟的巢穴。巢穴体积不大，造型不十分讲究，而且总给人邋遢的感觉。老八盯着巢穴瞄了一番，心中突然产生了一个离奇的想法，既然不肯批给我老八房子，我老八就当一只知更鸟，在树上做一只巢穴不就得了吗？还省得打报告，求爹求娘求老爷那么麻烦呢。

说到做到，老八当即到书城找到了一本《华夏建筑史》的书籍。这让老八十分激动，《华夏建筑史》上说道："上古穴处，有圣人教之巢居，号大巢氏。"老八又在《博物志》上看到一段话："古者禽兽多而人民少，于是民皆巢居以避之。昼拾橡栗，暮栖木上，故命之曰有巢氏之民。"老八想，这不是明摆着么？先祖倘有在树上建筑巢穴的先例，何况在这个住房供求紧张的时代呢？

于是老八就去了园林局。园林局的局长老牛和老八是老交情了，所以老八直接说明了来意。

老牛扶了扶眼镜，瞪大双眼说："老八，你是说你要申请一棵树，而且还要在树上建筑房子吗？"

老八慌忙掏出《华夏建筑史》以及《博物志》，指着上面的图案说，“你看，这就是我要的房子，而且我只要一棵树，我知道，这对于你来说，是相当容易的事情，我们不是当了十几年的同学么？这事，你一定能办到的，不是吗？”

老牛想，老八说得多少也有道理，况且又有着先例了，倒不如就做个人情，给他一棵树吧，至于怎样折腾，就由他老八去呗。其实，老牛多少有着同情老八的成分。就说吧，老牛和老八可是同年毕业的，他老牛房子可是换过十几套了，什么样豪华的房子他老牛没有见过呢？可是老八，处心积虑存了二十几年的款了，最终连房子还是不能拥有一间，说起来挺让人同情的呢。

于是，老牛让老八自己挑了一棵树。

老八就挑了一棵香樟树。老八满足地打量着这棵属于他的树，香樟树通体透黑，大抵已有一百余年的历史了，树冠部分被园丁们打理成了蘑菇型，两米以上的树枝也都被剪了个干净，不过两米以上的五根树干向外伸展的形状，刚好满足了老八的需要。老八买来了一些超轻型的材料作为建筑材料。另外，他还让老牛帮他联系了一些水电部门的朋友，拉齐了电线和水管，由于下水管道就在香樟树的旁边，老八的排污问题也解决了。于是，这么着忙活了一个月左右，老八的新居落成了。

新居入住这天，香樟树前后被各色人物围得水泄不通。既有老八的领导同事和亲朋好友，又有园林局的老牛及其手下前来捧场，甚至新闻界也一齐出动了。领导对老八的新居给予很高的评价，啧啧赞扬说：“这可是真正的人与自然的和谐统一啊！”老八新居大幅的照片当即占据了当天报纸的头条位置，报纸上甚至大肆颂扬老八是环保第一人呢。

看了报纸，老八苦笑不已。

不置可否，这种房子，不，应该说是知更鸟的巢穴当即以不可抵挡的姿态在这座城市风行开来。不但即日成立了大巢氏置业公司，街道两旁到处都是有关巢居的横幅海报，老八就觉得，这座城市的人们大抵都快疯了。据老牛说，这座城市50年以上树龄的大树已经全部被预订完了，一些30年树龄的也正在热销中，其中一些优良树种如香樟、榕树特别畅销，大巢氏置业的销售额当然在意料之中了。而他老牛，当然得到了最好的照顾，他理所当然地得到了一棵最为出众的香樟树。

不过，老八很快就发现，这些人在建巢穴的过程中没有沿袭老八的方法，他们不考虑树的承受力以及风的破坏力，甚至有人把水泥钢筋做了坚硬的骨架，还铺了金砖，让整间巢穴显得富贵堂皇。

老八开始忧心忡忡起来。他研究过很多关于巢穴的资料，清楚地明白在树上建什么房子最合理，可是他却没有能力阻止一切。老八知道，倘若来一阵超过四级的台风，这些巢穴就会通通被摧毁。

台风不久真的就来了。台风过后，除了老八的巢穴安然无恙外，几乎所有的树都倒了，在树上的那些房子也随之被砸烂，而在树叶中间，老八还隐约看到了一些血肉模糊的手臂。

老八倒吸了一口气，他老八无非是想在这座城市拥有一棵树罢了。老八真的是无意的，他不曾想到，他所谓的创意给这座城市带来了如此巨大的灾难。

德城炖

○彤　子

前几年德城炖鸡风靡一时，仅单做德城炖鸡的，水城新区就不下十家，还不包括各大饭店兼做的，如果将有德城炖鸡这道菜的都算上，足有50家开外。

在水城开第一家德城炖鸡店的人姓古，人称古老板。古老板五十开外，一个清瘦的老头，整天眯一双小眼，笑迎八方来客。古老板话很少，总笑，偶尔开口也南腔北调，很少人能听懂他说些什么。

古老板开张时挂出的匾牌不是德城炖鸡，而是“德城炖”，不知是什么原因，古老板少写了一个字，反正以后所有的德城炖鸡店的匾牌都成了“德城炖”了。

古老板开张时生意也很一般，但他很会经营，精于算计，门面内挂有某位大领导两幅题字：一题为唐代诗人刘禹锡的诗句：上品功能甘露味，还知一勺可延龄；一题为宋代诗人苏东坡的诗句：根茎与花实，收拾无弃物。字联上还留有大领导某年某月某日题字的落款，搞得很有文化品位。

不但如此，古老板还让水城书法界泰斗温先生书写了一幅很大的介绍，介绍德城炖鸡的出处。介绍上说德城炖鸡源于元代枸杞羊肾粥，经古老板呕心沥血数年钻研而成，德城炖鸡与枸杞羊肾粥殊途同归，营养和疗效出奇相似，补肾益精，营养独特，乃中华美食中一朵奇葩。

那阵恰逢有一香港歌星来水城演出，歌星哪也不去，点名要品尝德城炖鸡。组织者疑惑，你怎么对德城炖鸡感兴趣？歌星回答得很干脆，德城炖鸡是名吃呀，我看到“德城炖”的牌匾就垂涎三尺了。

歌星到古老板的“德城炖”，一边品味一边啧啧，嗯，好吃，好吃。于是古老板与歌星的合影便也上了墙。

一天市长突然出现在“德城炖”的门口，市长在室内转了一圈儿，又伸脖子看了看那位大领导的题字，突然问，老古，匾牌上是谁的墨宝呢？

市长驾到，古老板脸上早挤满了笑，立刻回答，啥墨宝呀，原本想请您题门面，只怕您忙不肯屈驾，又怕店面小配不上您的墨宝，一直未能成行，乃我一遗憾。

市长呵呵一笑说，市长也不是外星人，也吃五谷杂粮嘛。

民以食为天，说小也小，说大也大，好自经营吧。市长留下没头没尾一句话，一溜烟儿走了。不过对古老板来说，市长的话已很到位了。古老板跑了市长家一趟，市长的题字装裱得金光闪闪，不几日便更换了原来的匾牌。

古老板的德城炖鸡一下火爆起来，高峰时门前车辆拥挤，停车位陡然紧张。

可是树大招风，没出两年工夫，水城随即出现了“马氏德城炖”、“姚氏德城炖”等大小十几家“德城炖”，都说自己的炖鸡才是正宗的德城炖。各大饭店见德城炖很受欢迎，也纷纷效仿做起了德城炖鸡，虽然不及古老板的纯正，倒也招揽了不少顾客。

古老板见自己辛辛苦苦创建起来的“德城炖”被他人利用，便掀起了一场维权行动，要注册“德城炖”商标，虽然事未成功，但那场风波影响颇大。古老板一下成了水城焦点人物。

那时水城人多了句顺口溜：饭吃千顿万顿，不如一顿“德城炖”。

那年水城市市长带领一帮政府要员去北方参加贸易洽谈会，会议上有意外收获，水城无意中与一欧洲商团谈成了一笔不小的出口合同。市长很开心，要犒劳随从人员。市长说，大家想吃什么？今天我请客。

这家饭店那家酒店，大家想了半天也没想出去哪儿。不知谁说了一声，这里不是离德城不远吗？我们去吃正宗的德城炖鸡怎样？

大家一致赞同。

于是，在市长带领下驱车赶往德城。跑了两个多钟头，到德城都纳闷了，德城人说，没听说哪里的炖鸡有特色呀？

不可能。德城不会没有正宗的炖鸡，满大街找吧。跑遍了大街小巷，还是没找到一家挂牌的德城炖鸡。

再问，有德城人说，城外有一小镇，听说那里有炖鸡。大家是来吃正宗炖鸡的，既然来了，也不差几十公里，于是又去小镇。

小镇找到了，炖鸡也找到了，却完全不是那个味，也没寻到有源于元代的炖鸡。

市长的脸沉得很难看，市长说，这事回去后别再张扬，就当它是水城一道名吃吧。

回到小城，市长便立即吩咐秘书，让秘书把德城炖门楣上自己题字的匾牌换掉。

慢慢才漏出风声，有人说，某大领导的字是伪造的，香港歌星也是古老板花大钱请到店里的。还说市长的字一字万金呢，古老板拿了30000块。后来又有惊人的消息，原来那几家“马氏德城炖”、“姚氏德城炖”的幕后人都是古老板。

“德城炖”的招牌便顿然失色。

水城人再去吃“德城炖”，立马便感觉味道大不如从前了。

第二次握手

〇吴　为

郑志刚在一个建筑工程队里打工，这天正埋头砌砖，突然几双大脚到了眼前，他抬头一看，只见老板和几个干部模样的人正亲切地注视着他呢。他不知道该做何表示时，老板拍了拍他的肩膀，说："小郑师傅，这是金市长，他这次来工地，是专门来慰问民工的。听我说了你的事迹后，就一定要过来看看你。"小郑来工程队三年了，一直老老实实做事，经常起早摸黑，老板没少表扬他，可他从来没想到有一天会把他推到一市之长面前，因此他局促得手都颤抖起来了。

金市长一把抓过他的手，紧紧地握着，说："小郑师傅，好样的。我们这座城市变得越来越漂亮，这里面就有你们这些民工的心血啊！"郑志刚天没亮就忙开的，一手的汗，他怕弄脏了金市长的手，就想抽出来，可金市长好像看出了他的心思，反而握得更紧了。金市长这么看得起他们这些从农村来的打工仔，郑志刚好感动的，他记起了老家的礼仪，恭恭敬敬地说："金市长，谢谢你来看望我们这些打工的。"金市长不以为然，他摇了摇头，又把手用力晃了晃，说："应该谢谢的是你们啊，没有你们给我出力，我这个市长是当不下去的，好好干，我不会忘记你的，全市人民不会忘记你的。"郑志刚顿时沉浸到了巨大的幸福中，等他回过头来，才知金市长和他的随从已经走远了。

很快就到了收工午休的时间了，同是泥水匠的几个工友见他未洗手就端起碗到厨房去盛饭，便提醒他说："郑志刚，你瞧你激动成什么样了，都忘了还没洗手呢。"他有些得意地笑了，说："我做梦都不会想到堂堂的市长会跟我握手，我这手舍不得洗了。"工友们还以为他只是说说而已，不想他认了真，不但吃午餐没洗，而且吃晚饭的时候又没洗，到第二天、第三天还是没有洗。有一个老乡工友见他有些不可理喻了，就趁他不注意，舀起一瓢水，就往他手上泼，他迅速反应过来，水只有一点落到了他的手背上。但还是惹恼了他，他挥起拳头就要跟这个老乡工友拼命。

工地上就一台破电视，以前郑志刚是从不到电视机前凑热闹的。自从金市长跟他握手的新闻上了电视后，他天天都要盯着电视看本地新闻，目睹一市之长的风采了。第四天晚上，他又压抑住激动的心情来看金市长的活动新闻，不想看到的却是市里召开全市领导干部大会，省纪委书记宣布金市长触犯党纪国法停职反省的重大新闻。省纪委书记的话音刚落，会场爆发出雷鸣般的掌声。

掌声击晕了郑志刚，他踉踉跄跄跑回到宿舍，蒙着头号啕大哭。第二天早晨，一辆警车开到了工地，将正在巡视的老板押走了。不到半个小时，工地上就传出了金市长贪污受贿500多万，其中郑志刚打工的老板就送了100万的最新消息。

工友们震惊之余，都将古怪的目光投向了郑志刚。郑志刚受不了了，他冲到离工地不远的小卖部，买回了一大袋香皂，工友们冷笑着跟着他来到了水龙头面前，只见他打开水龙头，用香皂狠狠擦洗自己的双手。洗着洗着他痛哭起来了。他家世代清白，爷爷有过一个生死至交，可后来因为这人偷了别人一只小鸡，爷爷就跟他断了几十年的交情。想不到自己竟然跟一个贪官握了手，还以此为荣，郑志刚的悲伤、悔恨是发自内心的，工友们都看出来了，就由着他一遍遍擦洗。他误以为工友们还不肯原谅他，精神崩溃了，竟然拿起砌刀狠狠刮起手板来。见红红的血直流，工友们这才慌了神，冲上去抱腰的抱腰，抓手的抓手，才将刀夺了下来。这座城市已经成了他的耻辱和伤心地，大病一场的郑志刚在病愈后就离开了这里，跑到一个遥远的地方谋生去了。

一晃八年过去了，郑志刚靠自己的刻苦钻研，发奋努力，从技术员到项目经理最终成为了一家拥有资产过亿的建筑公司老总。眼看五一劳动节快到了，他放下办公室的事情，来到工地看望施工一线的工人。老总的到来极大地鼓舞了大家的士气，一个个干劲儿更大了。郑志刚示意大家停下来，他想给大家说几句问候的话。只有一个上了年纪的工人，好像没有看到他的手势，继续弯着腰在那里清理淤泥。郑志刚轻轻走到他面前，动情地说："大伯，辛苦了，休息一下吧。"老工人缓缓直起身子，见是老总来了，嘴唇动了动，说："谢谢了，我不累。"说罢又要弯下腰忙活。

尽管对视的时间是那么短暂，但郑志刚已经看到了一张熟悉的脸，只是一时记不起他到底是谁了。他想起自己一生忙碌至今不肯跟他出来享福的老父亲，心里好生感动，立即俯下身子，抓住了他那双沾满黑糊糊泥巴的老手。老工人忙说："我的手脏兮兮的，握不得。"说着用力往外抽，不想郑志刚握得更紧了，他怎么也抽不出来。

就在握住他的手的一瞬间，郑志刚猛然认出了眼前这个一脸风霜却不改平静的老人就是当年慰问过自己的金市长。世事是如此奇巧，现在却轮到他来主动跟他握手了，郑志刚认为刑满释放想用劳动洗刷自己的金市长现在最需要的是内心的安宁，因此他假装根本就不认识他，用十分客气、恭敬的口吻说："你的手一点儿也不脏，干净得很。"郑志刚早已发福了，即使不发福，一个市长，一天到晚要见那么多人，也早忘记他了，认不出来了。

但他的话里满是真诚和关心，一个跟自己素昧平生的老总，这么看待和肯定自己，这让昔日的金市长感慨万分，忍不住老泪纵横了。郑志刚走了很远很远，金市长还望着自己的双手发愣，郑志刚的背影彻底消失后，金市长解开衣服，将双手放了进去，紧紧贴着自己的心窝，他感到了一种从未有过的温暖和幸福。